KB253730

인간의 모든 罪는
뚫린 구멍에서 시작된다

국립중앙도서관 출판시도서목록(CIP)

인간의 모든 罪는 뚫린 구멍에서 시작된다 : 武溪 김영진
수필집 / [김영진 지음]. -- [전주] : 신아출판사, 2013
    p. ;    cm

ISBN 978-89-98524-36-4 03810 : ₩12000

한국 현대 수필[韓國現代隨筆]

814.7-KDC5
895.745-DDC21                     CIP2013002166

# 인간의 모든 罪는 뚫린 구멍에서 시작된다

武溪 김영진 수필집

수필과비평사

# 무위진인 無位眞人

이 세상의 초목草木들은 저마다 자기다운 꽃을 피우며, 저다운 잎과 열매를 매달고 독특한 향기를 내뿜을 뿐, 남을 시샘하거나 닮으려 하지 않습니다. 이렇듯 초목들은 제가 지닌 특성을 마음껏 드러내면서 눈부신 조화를 이루고 분수에 맞게 자라 신비를 꽃피웁니다.

"언제 어디서나 자신에게 진실하라. 거짓 없는 곳에 향기 나는 꽃이 피리라." 송宋의 거장 임제선사臨濟禪師의 말입니다. 자신의 존재를 있는 그대로 표현하지 못하면 진실이 아닙니다. 진달래는 진달래답게 피고, 국화는 국화답게 피면 그게 곧 진실입니다.

붉은 봄꽃이 노란 가을꽃을 향해 피는 시기나 색깔이 자신과 다르다고 '잘못된 꽃'이라 하지 않습니다. 덩치 큰 소나무가 키 작은 물푸레를 향해 '못난 나무'라 할 수 없습니다. 인간의 삶이나 예술도 남과 비교가 되어서도 안 됩니다. 이런 이치와 도리를 사람들은 나무나 꽃 한테서 한 수 배워야 합니다.


  인간은 누군가에게 의지하고 어딘가에 집착하지만, 의존과 집착의 초월이 곧 무위진인無爲眞人입니다. 임제선사의 무위진인을 쉽게 풀어보면 "말 없는 사람이 아름답다. 꾸미지 말라, 있는 대로 보여라." 하는 뜻입니다. 말 없는 사람이란, 벙어리나 노는 사람이 아닙니다. 자기 일 하면서 남의 일도 인정하는 사람, 다른 사람의 일에 시비 걸지 않고 자기 일을 통해 새로워진, 공의로운 사람을 이르는 말입니다.


  억지로 꾸미지 않았습니다. 남과 비교하지 않았습니다. 내가 익힌 솜씨, 내가 만든 작품이 내 특성의 아름다움이라 믿어 그동안 신문이나 예술지에 발표한 작품을 중심으로 엮어 무위진인의 심정으로 세상에 내어놓습니다.


2013癸巳년 매화꽃 망울 틀 무렵

八公山 和成名山軒에서

武溪 金 永 鎭

# ■ 목차


○ 책을 내면서 | 무위진인無位眞人 • 4


1부
## 인간이란 씨종은

인간이란 씨종은 • 13

아름답고 참된 용기 • 16

급장선거 • 19

표범 닮은 국회의원 • 23

오동나무 소고小考 • 27

화두話頭 • 31

경상도 보리문디이 • 35

인생의 우선순위 • 39

세모歲暮에 흔들리는 세모世暮 • 43

인생락人生樂의 근원 • 47

2부

# 사람의 본질

53 ● 인연因緣

57 ● 공짜

61 ● 오직

65 ● 남자들아

69 ● 노老선사의 유훈遺訓

74 ● 수필은 '이단 작가' 출현을 기다린다

78 ● 개똥참외의 추억

82 ● 빨간색

86 ● 토사곽란 앓는 화가의 이력서

89 ● 사람의 본질

3부
# 내 곁을 떠나는 사람들

걸림돌과 디딤돌 • 95

가슴에 담은 앵두 • 98

가고 싶은 장소 • 102

감자무지 • 106

고향하늘 • 110

굴뚝을 추억한다 • 113

내 곁을 떠나는 사람들 • 117

연탄재 함부로 차지 마라 • 120

쥐꼬리 부정 숙제 • 124

# 4부
# 화가의 그림자

129 ● 사람이 죽어서 어디로 가나! 人生何處去

133 ● 전시회와 그 후의 소회 所悔

137 ● 청량산의 여름새벽

141 ● 계절의 봄은 왔는데

144 ● 두더지의 주례사

148 ● 월악산이 무너지다

153 ● 전쟁놀이

157 ● 내 마음의 회심곡 허수아비

160 ● 진경산수화의 제맛

5부
# 인생의 사계절


양복 뒤집기 • 165

봄, 여름, 가을, 겨울, 그리고 또 봄 • 169

얼굴과 마음 • 173

영원한 도道 • 176

도적에게도 지킬 도道가 있다 • 180

배우자 길들이기 • 183

어제 같은 오늘은 오지도 않았다 • 186

쇠죽 끓이던 아침 • 190

인간의 모든 죄는 뚫린 구멍에서 시작된다 • 194

# 1부

# 인간이란 씨종은

# 인간이란 씨종은

    지구는 우주 속의 작은 부분이고, 인간은 더 극소한 한 점에 불과할 뿐, 일반 동식물과 같은 존재라는 게 내 판단이다. 따라서 사람이 산다는 것은 형태나 방법이 다를 뿐 기타 생물의 진행과정과 흡사하다는 신념에도 변함은 없다.

    천체와 우주를 연구하는 대부분의 학자들이 동의하는 가설에 의하면, 130억 년 전에 작은 우주가 물리력에 확장을 하고 수많은 은하계가 생겼다. 모든 존재들이 소멸과 생성을 거듭하는 중에 먼지와 가스가 모여 태양이 생겼고, 45억 년 전에 비로소 지구가 생겨났다. 생명체들이 진화를 거듭하면서 인간도 생겼다. 나고 없어지는 부지기수의 물체 중에 인간만은 성공적인 진화를 했다. 네안데르탈인간처럼 멸종이 됐다가 다시 생겨나기를 몇 번 거듭했다고 하지만, 인간이란 씨종은 성능도, 운도 참 좋은 종자種子임에 틀림이 없다고 믿는다.

그런데 한 가지 의문이 있다. 나를 둘러 싼 이 모든 것, 즉, 내가 보는 삼라만상과 느끼는 감각과 듣는 일, 생각하는 것과 만나는 온갖 것들과 내 행동이 가능한 능력이며 그 범위와 온 우주와 존재들이 왜 하필 없어도 될 텐데 있느냐는 것이다.

없어도 되는 내我 존재의 정체성부터 보자. 먼저 나는 인간이다, 이성애자로서 남자다. 색깔로는 황색종이고 대한민국 국민이다. 산수화 그리기를 좋아한다. 문인 행세도 가끔 한다. 빚지지 않고 검소하게 사는, 호 왈 자족층, 하류중산층이다. 무신론자이고, 정치는 중도인데, 진보색채를 더러 띤다.

그런데 지금 말한 이 모든 정체성이 실재인지, 나의 고유한 것인지, 아니면 내가 그렇다고 믿고만 있는 것인지, 내 뜻과는 다르게 내 속에 스며들어 나와 내 의식을 마비시키고 나를 점령해 버렸는지, 그래서 뇌 기능이 탈난 사고의식인지도 불분명하다. 그래서 나 자신이 어떤 사조나 시대의 이데올로기에 속박된 노예로 사는 것은 아닌가도 싶다. 누군가가 만들어 놓은 무대의 구석에서 허망한 짓을 하는 광대 같은 생각도 든다.

우리는 오장육부와 사지백체에 정신만 멀쩡하면 다 인간이라고 하지만, 그래도 우리를 보고 얄궂은 씨종이라고 하는 외계인이 있지 않을까 하는 생각도 든다.

그래서 말인데 어쩌다가 인간들은 왜 하필 요런 꼴에다가 요런 의식을 가졌으며 잘 없어지지도 않고 쭉 이어지는지도 궁금하다. 또 인간의 종말은 언제쯤 올지, 땅 위의 첫 인종은 신의 창조물인지, 과학대로 바다에서 나왔는지, 지구를 지배하는 사람시대는 언제 끝날지, 그 이후의 이 땅은 무슨 동물이 차지할지, 한때는 지구지배자가 공룡이었다고 하듯이 말이다. 인생에 대해서 알려다가 '인생하처거 人生何處去'로 고뇌하던 순치順治나 파스칼이나 톨스토이 같은 이도 풀지 못한 문제를 알고 싶어 하는 사람들이 왜 늘고 있는지도 궁금하다.

어쩌다가 인간들은 요렇고 요런 얄궂은 물이 들어 탈색도, 퇴색도 않는 모습을 서로 보고 보이며 사는지, 이런 형상의 인간들을 외계인이 와서 보면 뭐랄까, 냄새가 난다고 할까, 향내가 난다고 할까, 더 보존할 가치가 있는 씨라고 하면 좋겠지만, 멸종시켜야 할 불량종자라고 할지도 모른다. 인간들이 과연 지구의 지배자로서 더 존재해야 할 가치가 있는지, 있다면 언제까지 가망한지, 인간들은 우주의 신비나 지구의 생성과정도 모르고 자기주제도 모르면서 산다. 인간이란 씨종은 날비 맞아 풀 죽은 베적삼처럼 흐물거리다가도 틈만 나면 같은 인종끼리 죽이고 치고받는 사납고 추한 꼴을 외계인이 와서 보면 지구를 구경거리 좋은 극장이라 할 수도 있겠다.

불가에서는 '피아彼我와 작금昨今이 혼돈混沌하고 곤혹困惑이 엄습할 때 새로운 세계가 내비친다.'고 했다. 그런데 혼돈과 곤혹의 허망한 인간씨종들은 언제쯤 새로 비친 세계에서 정상整想인이 될지.

# 아름답고 참된 용기

주말의 이른 아침이다. 여섯 살과 여덟 살짜리 두 손자와 더불어 할아버지가 산길을 걸으면서 아침운동을 즐기고 있었다.

여름이 무르익는 팔월 하순의 새벽 날씨는 참으로 맑고 상쾌하다. 인구가 일만여 명이 살고 있는 큰 도시의 변두리 산골마을 치고는 많은 이들이 새벽부터 오갔다. '팔공산 왕건길'이라는 시 당국에서 만든 역사체험의 올레길이 시민들에게 알려지고부터는 주말이면 생각보다 더 사람들이 붐비는 산책로다. 이 길을 뛰다가 걷다가 하는 두 손자의 밝은 모습을 보는 할아버지의 입이 다물어지지 않는다.

나뭇가지에서 또는 허공으로 날아다니는 이름 모를 온갖 산새들의 울음이 요란하다.

"할아버지! 왜 아침부터 새들이 저렇게 울까요?" 여덟 살짜리 큰손자의 말이다.

"옛날 노래가사에 보면 아침에 우는 새는 배가 고파 울고요."라고 했으니 지금이 이른 아침이 아니냐? 저 새들은 아마 배가 고파서 울게야."

"그럼 저녁에는 왜 새가 울지요?" 작은손자가 할아버지를 쳐다보며 물었다.

"글쎄다. 저녁에 우는 새는 임이, 아니, 임이 아니고 저, 그렇지, 아마 친구가 그리워서 울겠지, 낮에 함께 놀던 친구들이 저녁이 되면 왜, 또 보고 싶지 않니?" 할아버지는 어린 손자들에게 이성을 일컫는 '임'이란 단어를 여기서는 내심 감추고 싶었다.

"하하! 우습다. 우리 할아버지는 엉터리시다. '저녁에 우는 새는 임 그리워 운다.'고 했어요. 동화책에도 그렇게 쓰여 있어요." 큰손자의 말에 어설픈 표정을 짓는 할아버지의 얼굴을 두 손자가 우습다고 쳐다본다.

길가에 있는 쉼터 의자에 앉았다가 일어나면서 작은손자가 물었다.

"할아버지! 용기가 뭐예요?" 여덟 살짜리 큰손자가 얼른 말을 받아챘다.

"그것도 모르냐? 용기란, 나쁜 아이들이 착한 아이들을 괴롭히거나 때리는 것을 보면 그 나쁜 애들을 주먹으로 후려치는 것을 말하는 거야! 맞지요! 할아버지?"

"응! 그렇다. 사람이 선과 악을 구별할 줄 알고 악을 저지하고 선을 옹호하는 것도 물론 훌륭한 용기다."

"봐! 내 말이 맞지?"

할아버지는 산모퉁이를 돌다가 길가에 피어있는 한 포기 도라지 꽃을 발견했다. 가던 걸음을 멈추고 고운 보라색 꽃을 피운 산도라지를 향해 두 손자의 손을 잡았다.

"그래, 너희들 말대로 악을 미워하거나 불의에 대항하는 것은 물론 가상한 용기다. 그러나 아무도 보는 이 없는 곳에서, 아무런 대가도 바라지 않고 묵묵히 제 소임을 다하는 일이야 말로 더 큰 용기다. 외롭지만 혼자 말없이 제자리에 서서 꽃을 피우고 향기를 내뿜으면서 제 할 일을 다 하고 있는 저 산도라지의 자세야말로 또 하나의 '아름답고 참된 용기'라고 해야 한다."

"와! 할아버지 멋쟁이시다! 너네 할아버지 말이다." 곁을 지나는 대여섯 명의 청년들이 웃으면서 손자들의 머리를 쓰다듬고 박수를 치면서 참견하는 바람에 큰손자도 박수를 쳤고, 영문 모르는 둘째 손자도 웃으면서 손을 흔들었다. 그러자 할아버지는 두 팔을 벌려 손자 둘을 끌어안고 지나가는 사람들에게 보란 듯이 한 바퀴 빙 하고 맴을 돌았다.

이때 지절지절 산새들의 요란한 지저귐이 한실골 옹당못, 대곡지大谷池에서 피어오르는 하얀 물안개 속으로 퍼져나갔다.

# 급장선거

　친구들의 권유도 있고 해서 자의반타의반으로 지금의 반장에 해당하는 5학년 급장선거에 출마를 했다. 한 반뿐인 오학년의 학생 수는 38명이었다. 물론 나 혼자만의 단독출마는 아니다. 1,2학년 때는 선생님이 임명한 급장을 지냈고 3, 4학년 때는 선거에 의한 급장인데, 나이가 나보다 두 살이나 많고 덩치가 큰 지금의 급장이 또 출마를 했다. 이렇게 되면 내리 4선의 현역에게 도전하는 무관인 나는 여러모로 불리하지 않을 수가 없었다.

　학생들의 추천을 받아 선생님이 칠판에 후보자의 이름을 적었다. 나는 두 번째로 추천이 되어 기호가 2번으로 정해졌다. 그날이 토요일인지라 다음 월요일 오후 마지막 수업시간에 급장선출을 한다고 했다. 선생님의 급장선거공고를 끝으로 수업이 끝나자, 학생들은 저

절로 두 패로 갈라졌다. 내가 앉은 앞자리로 몰려오는 친구들은 내 표로 봐야 하고, 상대후보가 있는 뒤쪽으로 가는 아이들은 저쪽 편이다. 그런데 내 쪽으로 몰려 온 숫자가 상대보다 대여섯 명이나 많았다. 우리는 환호를 했다. 급장을 하는 4년 동안 때 묻은 저쪽보다는 참신한 새 인물에 매력을 느끼는 듯싶었다.

드디어 월요일이다. 5학년 학생들은 아침부터 삼삼오오 모여 급장선거로 떠들썩했다. 내가 급장이 되면 어리고 나약한 탓으로 거칠고 덩치가 큰 애들이 주로 몰린 상대를 다스릴 수가 없어 중도하차를 한다는 말을 퍼뜨린 건 저쪽이다. 또 학교주변에 사는 학생들은 먼 동리에 사는 상대후보를 찍지 않고 나를 찍기로 했다면서 지역감정을 부추겨 우세한 쪽에 표가 몰린다는 밴드웨건효과를 노린 건 우리다. 이렇듯 선거분위기는 거칠어지고 있었다.

오후 수업은 두 시간인데 첫 시간이 끝나고 쉬는 시간에 들은 정보다. 간밤에 할아버지 제사를 지냈다며 떡을 가지고 온 상대후보가 우리 측 친구 몇 사람과 점심시간에 교실 안에서 나누어 먹었다는 것이다. 또 갖고 온 누룽지는 그쪽의 측근이 맡아서 점심밥을 못 가져 온 이쪽 친구들과 교실 밖에서 먹었다는 사실도 밝혀졌다. 참모들이 논의를 했지만 뚜렷한 묘책도 없이 투표가 있는 오후 둘째 시간이 돌아왔다.

나는 불안했다. 의자에 앉아있어도 그야말로 좌불안석이다. 침이 마르고 헛구역질이 나는 것을 억지로 참았다. 난생 처음 출마인데 패배라니! 제사떡과 누룽지를 먹었다는 친구들에게 눈길로 표 단속을 하려고 애썼으나 그들은 하나같이 선생님 수업만 듣고 있었다.

손발이 오그라들고 입술이 탔다. 벙어리 냉가슴 앓듯 혼자서 끙끙거리느라고 정신이 없었다. 허둥대는 내 모습을 본 선생님이 쥐었던 분필로 앞자리에 앉은 내 이마를 쳤다. "수업태도가 그게 뭐야? 똑바로 앉아."

마지막 수업시간은 중간쯤 해서 끝이 났다. 급장선출을 위해서다. 후보자 두 사람을 일어서게 하고는 선생님이 박수를 치자 따라 친 학생들의 박수 소리에 교실의 분위기는 갑자기 선거열풍으로 가득해졌다. 나는 불안한 생각을 털기로 했다. 인간관계란, 돈독한 우의를 믿어야지 의심부터 할 필요는 없다는 생각이 들었다. 누룽지를 먹은 한 친구는 반쯤 일어서서 내게 눈짓을 했고, 떡 먹은 어떤 아이는 나를 향해 투표용지를 흔들기도 했다. 나는 힘이 생겨났다. 어려움에 처하면 온다는 헛기침도 멎었다. 입술에는 생기가 돌았다. 손발이 부드러워지고 어깨가 저절로 펴졌다. '어흠.' 하고 큰 기침을 서너 번이나 했다. 당선 인사를 시키면 무슨 말을 해야 하나를 두고 잠시 고민도 했다.

투표에 이어 선생님이 지명한 남자 두 명과 여자 한 사람이 개표를 시작했다. 선생님의 하얀 스포츠모자에 담긴 투표지를 마룻바닥에 붓자 개표는 금방 끝이 났다. 결과는 우려한 대로 누룽지와 제사떡을 먹은 몇몇 친구들의 배신으로 기권 1표를 뺀, 18:19라는 한 표 차이로 내가 고배를 마시고 말았다.

배고팠던 시절, 국밥 한 그릇으로 국회의원이 되던 때이고 보면 누룽지와 제사떡의 위력은 어쩌면 당연한 것인지도 모른다. 유독 자존심이 강했던 나는 억울해서 밥맛을 잃었고 며칠 동안 잠이 잘 오지 않았다. 다음에는 꼭 급장을 하겠다고 절치부심하면서 선생님이 지명한 5학년 부급장으로서 봉사에 목숨을 걸었다. 또 어쩌다 생긴 용돈도 꼬깃꼬깃 준비를 했다. 그리고 다음 해에 기어이 나는 급장 으로 선출이 되었다.

6학년 급장이 되고 난 이튿날 복도에서 담임선생님과 단 둘이 부딪쳤다.

"나는 투표권 없다고 눈깔사탕 안 주냐?"

선생님이 내 머리를 쓰다듬으신다.

"죄, 죄송합니다! 서, 서 언 생님."

"알면 됐어, 그런데 남자가 그 일로 말을 더듬고 얼굴까지 붉혀 서야!"

하시던 교육자적인 인품과 잔잔하신 담임선생님의 그 미소가 지금 도 내 눈에 선하다.

"선생님! 고맙습니다. 그 후로는 말 더듬는 일도, 얼굴 붉히는 행 동도 않고 살았습니다."

# 표범 닮은 국회의원

확성기가 없을 때다. 트럭 위에 올라선 사람들이 종이메가폰을 입에 대고 선창하는 사람을 따라서 "보내자! 국회로, ○○○선생을 국회로 보내자!"라고 육성으로 고함을 지르며 치른 선거가 있었다. 흙먼지를 뒤집어쓰면서 또래들과 이 선거 차 뒤를 따라 다니기도 했다. 합창 속의 후보자가 누군지는 몰라도 어린 내게는 선망이었다. 뽑힌 사람이 시장바닥의 장꾼들에 에워싸여 당선사례를 하는 모습이 너무 부러웠고 보니 국회의원이 내게는 참으로 존경스러웠다.

초등학교 4학년 때다. 희망하는 직업을 적도록 했다. 남들은 교장선생님이나 면장 정도 쓰리라 여기면서 나는 국회의원이라고 썼다. 나만큼 큰 포부를 가진 사람은 우리 반에 없을 줄 알았는데, "꿈을 크게 가져라." 하는 선생님의 말씀 탓인지, 대통령이 되겠다는 사람도 몇 있었다. 나처럼 국회의원을 쓴 사람도 있었고, 장군이 되겠다는 사람, 검사, 판사, 장관을 적은 친구도 흔했다. 면서기나 선생님 정도는 한 명도 없었다. 이후로 나는 과연 국회의원이 될 수 있을까? 하고 생각을 많이 했다.

훌륭한 인격자임은 물론, 그 많은 유권자들의 선택을 받는 게 보통일이 아니었다. 돈이 많아야 된다고 생각했다. 집집마다 연말이면 사진과 인사말이 실린 새 달력을 보내고, 선거 때마다 퍼주는 막걸릿값과 운동원들의 경비도 경비지만, 고무신 값도 보통이 아니라고 여겼다. 국회의원이 되려면 가구당 적어도 검은 고무신 한 켤레씩은 돌려야 된다는 이야기를 많이 듣던 때다.

"공부는 언제하고 돈은 언제 벌어서 국회의원이 되나?" 자신 없고 허탈한, 의구심만 생겼다. 골똘한 생각 탓인지 동네 또래들 전부가 국회의원이 됐는데 '저런 애들도 다하는 국회의원이라면 별 볼일 없다.'면서 의원직을 사임하는 꿈을 꾼 적도 있었다.


2학기 때 담임선생님이 바뀌었다. 어른이 되면 직업은 필수라시며 칠판에다 생각나는 대로 종류를 적었다. 대통령, 국회의원, 판사, 검사, 변호사라 쓰고, 박사도 적었다. 장관, 도지사, 군수, 공무원, 선생님, 교수, 경찰, 급사, 운전사, 화가, 가수, 시인, 소설가, 우체부, 그리고 상인, 광부, 사장, 연탄배달부, 농부, 식모, 머슴, 이발사 석공(학교 주변에 돌 공장이 몇 개 있었음.) 등 수십 개의 직업을 쓰고는 마지막에 '백수건달'이라고도 적었다.

직업에 대한 설명이 시작되려는데 지레치기로 한 학생이 물었다.

"선생님! 백수건달은 뭐 하는 직업입니까?" 그러자 선생님,

"맨날 놀고먹는 사람을 이르는 말인데, 이것은 직업이라 할 수 없다."라고 했다.

"박사도 직업이라고 볼 수는 없지만, 한 분야의 전문가란 뜻이다. 박사가 되면 직업도 주어지고 훌륭한 인물이 된다."라고 하자, 어떤 친구가 물었다.

"선생님! 우리 이웃집 아저씨를 동네사람들은 연애박사라고 하는데, 그것은 뭐 하는 전문가박사입니까?" 그러자 선생님은 분필을 쥔 오른손을 들어 자신의 머리를 끌쩍끌쩍하시더니,

"나도 그게 뭐 하는 박사인지는 잘 모른다, 하지만, 직업은 아닌 게 틀림없다."라고 하면서 질문한 아이를 향해 어색한 웃음을 지었다. 바로 그 시간에도 희망하는 직업을 써냈다. 한 해에 두 번을 쓴 셈이다. 이번에도 한참을 생각하다가 나는 또 국회의원이라고 썼다. 그 당시에는 나이가 학급평균치보다 서너 살이나 많은 학생 중에 연애박사라고 써낸 사람도 있었고, 놀고먹는다는 바람에 얼씨구나 하고 백수라고 쓴 친구도 있었다.

결론이다. 우리 동기생 중에는 아직까지 대통령은 한 사람도 나오지 않았고, 연애박사란 별명을 가진 친구는 한 명 나왔다. 또 두 번이나 국회의원이라고 쓴 나는 뒤늦게 어느 여당의 광역의원후보 공천탈락이 정치판 입성 시도 이력의 전부지만, 집안도 인격도 단번에 박살내는 현역국회의장과 의원들의 비리와 부패와 논문표절이나 또는 제수를 넘보는 비인륜의 만행에 자유롭지 못한 '일그러진 영웅'들의 풀죽은 화상을 보면서, 무턱대고 탐만 낼 자리가 아니란, 아찔한

국회의원도 많겠다는 생각이 들었다.

텔레비전에 자주 나오는 유명한 국회의원이 재롱잔치를 하는 지역구의 유치원을 찾았다. 교실에 들어서자, 학부모와 원생들이 박수로 맞았다. 국회의원이 유치원생들을 향해 큰 소리로 물었다.

"내가 뭐 하는 사람인지 아시겠어요?"

"국회의원요! 국회의원!" 어린 원생들도 자기를 알아주자 국회의원은 기분이 좋았다. "그럼 내 이름도 아시겠어요?"

"네! 알아요! 알아요!"

"누가 내 이름을 가르쳐 주었어요?"

"TV에 나올 때 어른들이 불렀어요!" 어른들이 자신의 이름을 연호했다는 데 점점 고무된 금배지의 선량은 흥분을 감추지 못하다가,

"그럼! 이 국회의원의 이름을 크게 한 번 불러보세요. 내 이름이 뭐예요?" 그러자 교실이 떠나갈듯 이구동성으로 질러대는 유치원생들의 고함소리,

"저 새끼요! 저 새끼!"

누가 뭐래도 국회의원이 내게는 어릴 때부터 선망의 대상이었다. 그러나 '범은 무섭고 가죽은 탐난다.'는 표豹범처럼 두려움과 부러움이 공존하는 자리가 국회의원이라 여기면서 살아온 것도 사실이다.

# 오동나무 소고小考

　"오동나무 열매는 알각달각하고요 큰애기 젖가슴은 몽실 어쩌구"
로 시작되는, 경쾌한 어느 노랫말에 나오는 교목喬木인 이 오동은 우
리가 어릴 적에는 서당 근처나 길가의 논밭둑에서 자생하는 것을 많
이 보아왔다. 수고가 높고 미끈하게 속성으로 자라기 때문인지 나무
의 황제, 또는 나무의 현자賢者라 불린다.

　멋쟁이 신사의 티를 내면서도 교만하지 않고 늠름한 자태가 사뭇
여유롭다. 많은 잎과 가지를 매단 온갖 나무들의 조잡한 느낌과는
달리 드문드문 뻗은 굵은 가지와 큰 잎이 서글서글한 호남자의 멋을
풍기게 한다. 셀 수 있을 만큼 수는 적지만 넓고 큰 잎이 평면으로
뻗어 있어 더위를 식히거나 소나기를 피하려고 길손들이 이 오동나
무 밑에 자주 모여들었다. 모자가 귀했던 시절에는 오동잎을 머리에

없고 더위를 이기면서 밭에서 김을 매는 사람도 있었고, 하굣길에 갑자기 소낙비를 만나면 오동잎을 이고 달리던 추억도 있다. 아침운동을 다니는 길가에 오동나무가 몇 그루 서 있는데, 추억을 새기면서 만지기도 하고 쳐다보기도 하는 긴 세월 동안 고향의 오동나무처럼 정이 들었다.

부챗살같이 큰 이파리를 매단 잎자루[葉柄]가 굵고 든든하기도 하지만, 잎의 표면에 작은 깃털이 있어 빗속에서도 아래로 휘거나 처지지 않는다. 어떤 비난이나 유혹에도 굴하지 않으면서 세상일에 귀를 닫고 혼탁한 시류에 휩쓸리지 않는 생육신 같은 충절을 닮았다는 생각도 든다. 또 오뉴월 무더운 대낮에도 다른 나뭇잎처럼 햇살 때문에 잎이 고개를 숙이지도, 오그라들지도 않는다. 작은 바람에도 일렁거리거나 팔랑대지도 않는다. 외압이나 유혹에 비굴하지 않은 불굴의 겸손이다. 굳건해서 나약하지 않음을 보여주는 선비의 온유한 기강이 느껴진다.

오동나무의 꽃은 요령모양의 보라색 원통형이다. 7월경에 피는데 오동화라고 해서 기관지염 치료약으로 쓰이고 10월에 열리는 열매를 오동자라 부르며 오동피라는 뿌리의 껍질과 그 수액도 약용으로 쓰인다. 잎도 풍사를 쫓고 열을 내리는 데 쓴다니 부산물도 버릴 게 없는 나무라며 대구약전골목에서 한약방을 하는 아침운동 멤버 중 한 사람의 설명이다. 목질은 부드럽고 가벼우며 나이테가 뚜렷하고 비틀림이 없고 연홍빛깔에 백색을 띠고 있어 부잣집 장롱이나 가구용으로 변신을 해서 사랑받는 나무다. 지금도 오동나무 베개를 비롯한 침대며 옷장이며 책상 등 고급가구들이 다른 목재의 제품보다 더

높은 대우를 받고 있다.

길조인 봉황새는 대나무 열매를 먹고 살며 오동나무에서만 깃든다고 해서 옛날 함안 고을에서는 선비를 뜻하는 버들과 함께 오동나무와 대나무를 일천 주씩 심어놓고, 봉황의 청아한 울음이 천하의 태평성대를 가져오도록 기원했다는 기록이 ≪동국여지승람≫에 있다. 남양 땅 초당에서 때를 기다리던 제갈량은 자신을 오동나무에 깃드는 봉황(鳳高翔於千刃兮非梧不樓)으로 비유하기도 했으니 이 오동나무가 나무 중의 현자나 황제로 인정을 받은 역사는 아주 오래다.

'시집갈 아낙은 수수가 피는 것을 보고 가을이 왔음을 안다.'고 했지만, 서당이나 망루에 앉은 선비들은 동엽일낙지천하추(桐葉一落知天下秋)라고 해서 떨어지는 오동잎 하나에 가을을 알았단다. 이 얼마나 서정적인 표현인가. '소년은 금방 늙고 학문은 이루기 어려우니 일촌도 가벼이 말라, 연못가의 풀은 봄꿈을 깨기도 전에 뜰 앞의 오동나무는 가을 소리를 내는구나(少年易老學難成 一寸光陰不可輕 未覺池塘春草夢 階前梧葉旣秋聲).' 예나 지금이나 가을은 오동나무잎을 통해서 오나 보다. 최헌이란 가수는 "오동잎 한잎 두잎 떨어지는 가을밤에… 귀뚜라미 우는 소리"를 애처롭게 불러 듣는 이의 가슴을 흔들고 뭇 사람들의 심금을 울리기도 했다.

달 밝은 가을밤에 뚝뚝 떨어지는 오동잎 소리가 한사코 울어대는 귀뚜라미 소리와 어우러지면 고향을 떠난 이에게는 향수를, 이별의 아픈 상처를 가진 사람들은 애수에 젖게 한다. 석별의 아픔을 안고 사는 나그네는 계절의 슬픔을 더욱 실감할 것이고.

오동나무를 '이별수(離別樹)'라고도 부른다. 남자가 결혼을 하면 오동

나무를 심는다. 이 나무를 잘 키워서 하나는 딸이 시집갈 때 '오동장
롱'을 만들어 주고, 다른 것은 부모님이 돌아가시면 관을 만든다고
해서 이별수라 이름을 붙였단다.

　나무를 쪼아 집을 만들고 사는 딱따구리는 깊은 산속에 있는 자생
하는 오동나무를 뚫어 새끼를 키운다니 인간들만 좋아하는 게 아니
고 딱따구리나 봉황새 같은 미물들도 참 좋아하는 것이 오동나무란
생각이다.

# 화두話頭

새해가 되면 지도자의 반열에 든다 싶은 이들이 너도 나도 '화두'라는 것을 들고 나온다. 금년에도 정치, 경제, 사회, 교육, 종교, 과학 할 것 없이 우두머리는 다 신년화두를 입에 올렸다.

화두란, 말의 시작이란 의미지만, 예부터 불가에서 쓰는 말이다. 공안公案이라고도 하는 고칙古則을 말하며 답이 없는 '의문'이란 뜻이다. 화두로 쓰는 말은 역대 큰스님들의 대화에서 발췌된 문장들로 약 이천 개라니 많기도 하다. 이 중에서 하나씩 골라 화두로 삼는데 요새는 자작해서 쓰는 화두도 있다고 한다.

화두란 던지는 질문이요 해야 할 숙제라 할 수 있다. 캐치프레이즈와 촌수가 좀 있고 입춘대길과도 맥이 통한다. 우리들 삶에서 의문 아닌 것이 없고 해야 할 숙제 아닌 부분이 어디 있겠나. 그렇다면 사람 사는 게 전부가 화두다. 공장을 돌리고 장사를 하고 농사를 짓고 자식을 낳고 기르는 일, 인연을 맺는 일, 잘살아보려는 노력과 연구, 운동, 예술, 그리고 전쟁, 협상 등 모든 것이 다 화두에 속한다.

화두의 기원이다. 서기 520년경에 양梁무제와 달마선사가 주고받은 대화가 처음으로 화두에 올려졌다. 절을 지었고 경전간행도 많았고 보시도 커서 신심이 깊은 무제가 달마에게 물었다.

"내 공은 얼마입니까?"

"하나도 없습니다."

"그럼 뭐가 제일 큰 공인가요?―성제제일의聖帝第一義"

"공 같은 것은 세상에 없습니다.―곽연무성廓然無聖"

"내 앞에 있는 당신은 누구요."

"나도 모릅니다."

달마는 그 길로 큰 절을 떠나 동굴로 갔는데 이 대화가 화두의 시초다.

깃발을 보고 '흔들리는 건 바람이다.' '깃발이다.'며 두 스님의 다툼을 본 혜능이 말했다.

"흔들리는 건 바람도 깃발도 아니고 당신들이다." 이 말도 큰 화두가 되었다. 찾아온 불자께 육조스님이 물었다.

"어디서 왔소?, 뭐가 여기로 왔소?" 하자, 찾아온 사람의 대답이 걸작이다.

"나도 그걸 몰라 여기 왔소." 이 대화도 많이 써먹은 화두다. 달마도 육조도 또 그 누구도 화두의 공통점은 "나는 누구인가." "당신은 누구요?"라는 질문과 "노력해라, 잘해라."라는 당부뿐이다.

"뭐가 부처입니까?" 팔조 대사가 마조선사께 물었다.

"마음이 부처이고 부처가 마음이다." 즉심즉불卽心卽佛이라고 했다. 똑같은 질문을 다른 사람이 물었다. 마조선사의 대답은 달랐다.

"부처란 마음도, 부처도 아니다. 절대 아닌 것이 절대부처다." 이 말도 유명한 화두였다.

법을 가르쳐 달라며 유조스님이 자신의 손가락을 잘라 괴로운 심기를 말하자 스승은,

"괴로운 마음을 내게 가져 오너라, 마음을 편하게 해줄게."

"마음을 못 찾겠습니다."

"이미 네 마음을 편하게 해 주었느니라." 이 말도 "이심전심以心傳心"으로 표현되어 대단한 화두였다.

사람은 누구나 바른 길을 원하고 바로 살기를 바라며 정직한 언행을 하고 바른 지혜를 얻자고 다짐한다. 이런 것들이 다 화두다. 누구나 삶의 전체를 꿰뚫는 큰 지혜, 즉 대원경지大原境智를 소망한다. 매년 같은 화두다. 누구나 원하는 열매를 바라고 끈질기게 노력하는 일이 한 해의 숙제다. '관세음'이란 뜻도 세상의 모든 것을 보고 듣는다는 멋진 화두감이다. 모든 인간은 자기의 소리와 남의 소리를 정확하게 들으라는 말이 곧 화두이고 남의 불행을 돕는 게 수행이고 선이 아니겠는가.

어느 사람이 화두의 사용법을 물었다. 질문 받은 선사의 대답이다.

"만 가지 질문은 한 가지 답뿐이다. 바로 행하라."라고 했다. 성경에도 '행함이 없는 믿음은 죽은 것'이라 썼다. 선만 찾다보면 선병禪病에 걸린다. 아무것도 할 수 없는 것이 신앙병이다. 입만 떠드는 믿

음은 시체다. 믿음이나 선은 '찾지도 말고 알려고도 말고 일에 충실'
하는 것이다.

화두는 달을 가리키는 손가락일 뿐이다. 달을 볼 줄 아는 게 화두
의 올바른 사용법이다. 방향을 알아야 한다. 화두인 손가락만 보고
달[月]을 안 보는 사람들이 너무 많다. 올 새해, 각자에게 주어진 소
명은 가정에서, 직장에서, 학교에서 소임에 최선을 다하는 일이다.
이것이 온 국민이 해내야 할 숙제이고 염원하는 거국적 화두이다.

 인간의 모든 죄는 뚫린 구멍에서 시작된다

# 경상도 보리문디이

추억을 되새김질하며 사는 나이가 되면 고향과 어린 시절을 자주 떠올린다. 파란 하늘에 떠도는 조각구름과 가재 잡던 물 맑은 시내와 헤매던 산천을 생각한다. 고향을 그리는 마음의 호수에는 잔잔한 파도가 일고 코발트색 물보라가 어여쁘게 수놓는다. 허공에서 지절대는 종달새 소리와 바람 따라 장관을 이룬 청보리물결이 눈에 아른거린다. 보리깜부기를 씹어 먹고 황칠한 입으로 신나게 친구들과 떠들던 재미있는 추억이 한둘이 아니다.

나는 어릴 때부터 보리와는 깊은 인연을 맺고 자랐다. 보리농사를 많이 하는 집안에서 태어나 주식을 보리로 살았으니 심령골수까지 보리로 채우며 커온 터라 아무리 들어도 실증 안 나는 단어가 '보리'다. 경상도에서 태어났고 경상도에서 자라 지금껏 살았고 임종도 여기서 할 작정이다. 경상도를 표현하는 '보리문디'라는 어감이 조금도 싫지 않다. 아니 아주 정감 어린 말이다. '경상도보리문디'는 내 고향을 대변하는 서사시이자 또 다른 이름의 고향노래요, 애향곡이다.

선조임금 초에 호남에서 정여립이라는 사람이 반란을 일으키자 그쪽 사람들은 벼슬길이 막혔다. 대신 동쪽 사람을 더 중용했다. 그래서 서쪽 사람은 농사일만 한다고 해서 농서인農西人이라 했고, 동쪽인 영남사람은 글을 한다고 해서 문동인文東人으로 불렀는데 이 말이 와전 또는 변음이 되어 문동인이 아닌 '문둥이'로 변했고, 보리가 많은 '경상도보리문디이'가 되었다는 말도 있는데, 이런 것은 전해오는 한 설說이다.

섬유질이 많은 보리밥을 먹으면 방귀가 심한 것은 사실이다. 크면서 주위로부터 보리방귀 뀌는 소리를 많이도 들었다. 구리한 냄새도 많이 맡고 자랐다. 보리방귀 때문에 웃기도 많이 했고 장난도 엄청나게 쳤다. 지금도 어느 지방의 특산품이라며 선전하는 '보리빵'을 자주 사먹는다. 보리국수도 좋아했고 검푸르고 두툼한 속살 없는 보리찐빵이 요새도 가끔 먹고 싶다. 나는 보리쌀을 많이 섞은 밥을 먹는다. 소화도 물론이려니와 쌀에 없는 미량요소가 많단다. 열을 내리고 머리를 맑게 하는 보리차는 어느 집에서나 애용하는 필수음료다. 보리등겨로 만든 시금장도 무척 좋아한다. '보릿고개'란, 보리수확이 시작되기 전인 4월의 살기 힘든 때를 말하는 것이고, '방귀 질나자 보리양식 떨어진다.'는 말에서 보리음식을 먹으면 방귀가 심하다는 것을 알 수 있다.

무더운 한여름에 보리 타작하는 어른들의 일손을 돕던 저녁이면

강으로 나가 흐르는 물에 보리먼지를 씻다가 물뱀을 만나 놀랐던 기억도 있다. 타작마당에 기어 나온 어린 동생이 보리까끄라기를 먹고 야단법석을 한 일도 생각난다. 학교 갈 때 내 점심도시락은 늘 보리밥과 무장아찌가 단골메뉴였는데 어쩌다 고추장에 볶은 감자반찬이 엎질러져 청황색 지도가 그려진 꽁보리밥도 좋다 하고 먹었다. 돌아오는 하굣길에 뜀박질을 할 때면 어깨에 맨 책보자기에서는 도시락 반찬통이 달그락거렸고 아래쪽에서는 발걸음에 맞춰 연달아 나오는 보리방귀 소리가 합주를 했다. 나만 아니고 함께 뛰는 다른 아이들도 다 그랬다. 심할 때는 수업 중에 어떤 학생의 보리방귀 소리가 커 선생님도 학생들도 함께 웃을 때도 있었다.

매일 보리밥을 주어도 밥투정을 해본 적이 없다. 반찬 투정을 해본 기억도 없다. 해 본들 밥투정, 옷 투정을 들어 줄 여력이 없는 게 그때의 현실이다.

보리는 물에 불려서 두 번 이상을 디딜방앗간에 찧어야 밥을 지을 수 있다. 물방아나 돌방아 같은 것이 있긴 했지만 대중적이지 못해 주로 집에서 디딜방아로 해결을 했다. 신라시대에 백결선생이 만든 〈방아타령〉이 있고 보면 정미소가 있기까지 천오백 년 동안 우리는 디딜방아로 곡식을 찧어 식생활을 했다.

보리방아를 찧을 때 혼자서는 힘이 든다. 물에 불린 보리를 호박에 넣고 디딤질을 할 때 호박에서 튀어나오는 보리를 사람이 쓸어 넣는 작업도 필요하다. 어머니가 혼자서 찧는 보리방아를 돕는다고 친구들과 방아를 밟다가 힘의 균형을 잘못 맞추어서 방아머리가 옆으로 넘어졌고 보리를 쓸어 넣던 어머니를 다치게 한 적도 있다.

신라 때부터 구전으로 전승되어 온 것을 이조시대 어느 야인이 자
기네 문집에 올린 것이라고 하는 이 노래는 좀 저속한 편이지만 물
불은 보리절구방아를 찧을 때 부르던 유일한 가사구절이다.

　　시아버지 죽어서 좋았는데 갈대자리 떨어져 생각난다,
　　시어머니 죽어서 좋았더니 보리방아 물 불어 생각난다.

# 인생의 우선순위

　서당에서 훈장이 제자들에게 글을 가르치고 있었습니다. 시절은 꽃이 피고 새가 우는 화창한 봄날이었습니다. 한나절의 공부가 다 끝이 나고 점심시간이 가까워질 무렵에 훈장은 제자들을 둘러앉게 하고는 커다란 옹기 단지 하나를 내어 놓았습니다. 그리고 모든 제자들이 보는 앞에서 준비한 돌을 옹기단지 속에 넣기 시작했습니다.

　단, 몇 개의 돌로 단지는 꽉 찼습니다. 단지 속에 돌이 가득하자 스승이 제자들을 향해 물었습니다.

　"너희들이 보기에는 이 단지가 가득 찼느냐?"

　제자들이 이구동성으로 대답을 했습니다.

　"예, 스승님!"

　그러자 스승은 "정말?" 하고 되묻더니, 덮어 둔 보자기 밑에서 묵직한 자갈 주머니를 꺼내들었습니다. 그리고는 큰 돌을 비집고 자갈 돌을 집어넣으면서 깊숙이 들어갈 수 있도록 단지를 흔들었습니다. 큰 돌 사이에 자갈이 가득 차자, 훈장이 다시 물었습니다.

"자, 보거라. 이 단지가 이제는 가득 찼느냐?"

눈이 동그래진 제자들은 "글쎄요."라고 대답을 했고, 스승은 미소를 지으면서

"'글쎄요'라!" 제자들의 말을 따라 흉내를 내면서 다시 보자기 밑에서 큼직한 모래주머니를 꺼냈습니다. 스승이 모래주머니 끈을 풀어 단지 속에 모래를 넣고 큰 돌과 자갈 사이의 빈틈을 가득 채웁니다. 그리고 기이한 눈으로 보고 있는 제자들을 향해서 또 물었습니다.

"너희들은 이 단지가 이제는 가득 찼다고 보느냐?"

무릎을 고이고 앉은 한 제자가 "아니요."라고 대답을 하자, 훈장은

"음! 옳거니!"라고 하면서 방구석에 있는 물주전자를 들어 옹기단지에 부었습니다. 그리고는 제자들에게 나직한 목소리로 입을 열었습니다.

"내가 다시 묻노라! 너희들에게 보여 준 이 실험의 의미가 무엇이라고 생각하는고?"

늘 먹기를 좋아하는 한 제자가 배를 쓰다듬으면서 대답을 했습니다.

"사람은 아무리 배가 불러도 자꾸 먹으려고 하면 얼마든지 먹을 수 있다는 뜻입니다." 말이 끝나자마자 다른 제자가 또 대답을 했습니다.

"사람이 욕심을 갖고 하려고만 든다면 뭐든지 다 할 수 있다는 뜻입니다."

"아니다. 이놈들아! 경망스럽긴, 매사가 다 그러해야겠지만, 특히 웃어른에게 하는 대답은 신중을 기해야 하는 법, 생각도 없이 아무렇게나 함부로 대답을 하면 쓰나?"

중압감이 넘치는 스승의 굵직한 목소리에 제자들은 고개를 숙였고 방안은 다시 숙연해졌습니다.

"자! 지금부터 내 말을 잘 듣고 이 말을 명심해야 하느니라. 이런 실습을 통해서 너희들에게 보여주는 교육적인 의미는, 큰 돌을 먼저 넣지 않는다면 영원히 굵은 돌은 이 단지 안에 넣지 못한다는 것이다."

"내 인생의 큰 돌은 무엇일까?"를 먼저 각자가 한번 생각을 해 보도록 하자! 너희들은 자라면서 열심히 공부하고 과거를 보아 벼슬도 해야 하고 결혼도 하고 자식도 낳아 기르고, 재물도 모아야 하고, 또 승진, 출세, 사업의 성공, 부모님에 대한 효도, 친구간의 우정, 신의, 국가와 사회에 대한 봉사 등등 온갖 할 일이 많겠지만, 어느 것부터 먼저 해야 할지를 고민하는 자가 인생을 잘사는 사람이다."

"내 인생에서 과연 큰 돌은 무엇이며 또한 무엇이 자갈이며 모래와 물은 또 무엇인가?"

"모든 사람들에게는 평생의 단지도 있고 한 해, 한 달의 단지, 하루의 단지가 누구에게나 있느니라."

"크게는 일생을, 그리고 작게는 한순간을 살면서도 해야 할 일의 우선순위가 반드시 있는 법, 내 인생단지에 가장 먼저 넣어야 할 것은 무엇이며, 또 가장 늦게 넣어야 할 것은 무엇인가를 현명하게 잘 판단하는 사람이 정확한 인생, 성공한 삶을 사는 사람이다. 알

겠느냐?"

대답을 대신해서 제자들은 누가 시키지도 않았는데도 일제히 일어서서 스승을 향해 큰절을 올렸습니다. 이런 의젓하고 귀여운 모습을 보는 스승의 밝은 얼굴에는 자비가 흘러 넘쳤고, 빙긋이 웃는 사부의 그 미소가 제자들에게 봄철의 저 훈풍보다 한층 더 부드럽고 따스하게 느껴졌습니다.

# 세모<sub>歲暮</sub>에 흔들리는 세모<sub>世暮</sub>

겨울바람을 맞으며 외롭게 흔들리는 줄그네가 너무 처량해 보입니다. 한여름이면 밤이 늦도록, 아니 밤을 새워가면서 아이, 어른 할 것 없이 타고 놀던 줄그넨데, 사람은 고사하고 벌레새끼 한 마리도 얼씬 않고 먼지만 쓸어안고 맴을 돌고 있습니다. 우리 아파트 놀이터의 겨울풍경입니다.

정원을 세상으로, 따라서 젊음을 여름에, 늙음을 겨울에 비유해 봅니다. 혼자 북풍에 떨고 있는 줄그네와 노인의 신세를 다시 대비해 보았습니다. 아무도 찾지 않는 외로운 저 그네에게도 불철주야, 사람들이 매달리던 여름이라는 시절이 필경 있었을 터, 씁쓸해진 입안에 쓴물이 돕니다. 추위와 더위에 민감한 세상인심을 가리키는 염량세태炎涼世態라는 말이 겨울정원에서도 실감을 합니다.

또 한 해가 저무는 이맘때의 세모歲暮에는 누구나 마음에 공허와 허무를 느낍니다. '때가 되면 갈 것은 가고 올 것은 온다.'는 천리의 법칙은 우리가 다 아는 필연의 이치인데, 연말만 되면 왜 이상한 감정이 사람을 우울하게 만드는지요!

자작나무 피부처럼 곱게 살아 온 인생인 줄 알았는데, 생각해 보니 덕지덕지 눌러붙은 황벽나무 껍질같이 검고 흉한 모습이란 생각이 듭니다. 세모를 맞으면서 살아온 내 인생살이를 모아 타작을 해 봅니다. 알곡이 왜 이렇게도 적은지, 쭉정이가 판을 칩니다. 긴 한숨을 토하면서 그 원인을 찾아보았습니다. 회한에 흔들리는 역정歷程을 떠올려 종목마다 구석마다 살펴봅니다.

싹도 순도 못 틔우고 억울하게 썩은 씨앗, 여물지 않은 헛열매에 놀랐습니다. 한평생 설거지마당의 허망한 후회로 얼룩진 멍 자국들입니다. 쓸모없이 설쳐 댄 망동妄動들로 요란한 장면만 철갑했네요. 다시 시작하기에는 너무 늦었습니다. 안 그래도 가끔 한쪽으로만 쏠리는 관성에 제동을 걸 힘도 재간도 없습니다. 무턱대고 설치다가는 방향 잃은 팽이처럼 언제 처박힐지 모른다고 주위가 충고를 합니다.

살아온 세월을 돌이켜 보면 혼탁한 시류時流 속에 용케도 살았습니다. 머리는 만날 어딘가에 부딪쳤고, 몸은 어떤 이유로든지, 누군가에게든지 천날만날 당하는 꼴이었습니다. 옹차게 든 피멍과 타박상이 내 몸 안팎에 문신처럼 찬란합니다.

내 생각으로는 말입니다. 젊었을 적에는 보따리가 크고 무거울수록 말년대복이 터질 줄 알았는데, 오판이었습니다. "인생행로에는 짊어진 짐이 작아야 삶이 가볍고 번뇌는 준다."라는 선각들의 말이

명언이었습니다. 그래도 볼 장 다 본 인생이 아니라고 주위에서 용기만 주신다면 조용히 좌정을 하고 여생은 소란스럽지 않게 살아 볼 작정입니다.

많지도 않은 날을 좀 편하게 지내고 싶습니다. 운주사 와불臥佛처럼 누워 쉬고 싶다는 생각은 힘들 때마다 했습니다. 지금부터는 세상사야 어떻게 돌아가든지 무관하게 여길랍니다. 한평생 끌고 다니던 욕망보따리도 다 팽개쳤습니다. 일상을 살면서 부딪치는 일이나 사람들을 억지로 피하진 않겠지만, 있는 듯이, 없는 듯이 그렇게 살고 싶습니다.

이제 와서 체면이나 평판 따위가 내게 무슨 상관이겠습니까? 사람들에게 더 잘 보이고 그럴 듯하게 인정받으려는 수작이나 잔재주에는 본래부터 기술이 없었습니다. 이젠 누군가로부터 날아온 비난의 돌주먹이 내 콧대를 친다고 해도 웃으며 피만 닦겠습니다. "얼굴치장 하는 것도 교만이란 오해를 피하려면 명경明鏡 따위는 안 보는 것이 좋다."라는 도꾸가와 보무시의 말도 염두에 두렵니다.

아무도 없는 황량한 들판에 혼자 내동댕이쳐진다 해도 억울할 게 하나도 없습니다. 비가 오면 비에 젖고, 바람 불면 바람 따라 흔들리는 게 순리가 아니겠습니까? 비록 알곡보다 쭉정이가 많았을지라도 여기까지 버텨온 기적 같은 삶에 만족하며 세 치의 혀舌가 닳아 두 치가 될 때까지 찬미로 내 생을 노래하렵니다.

세상이 나를 외면하더라도 인생의 고상한 미美만 생각하겠습니다. 남들이 내게 무슨 말을 걸어도 더 이상 하늘을 쳐다보지 않고 땅만 내려다보겠습니다. 어둠이 깔린 비탈이나 고갯길에서 몸이 기울더라도 지팡이로 버틸 수 있을 때까지 혼자 걷겠습니다. 남은 생애는 자랑거리도, 반성거리도 없기를 바랍니다. 머리와 눈과 손, 이 세 지체가 하나라도 고장만 없다면 원고지와 씨름하며 글도 써 보다가 화선지 펼쳐 놓고 그림도 그리다가, 그렇게 살다가 아무 일 없다는 듯이, 어느 날 "휙" 하는 바람소리조차도 들리지 않게 사라지겠습니다.

# 인생락人生樂의 근원

어느 교수가 학생들에게 오복五福을 아느냐고 물었더니 모른다고
했다. 그런데 고심을 하던 한 학생이 아는 체를 했다. 오복에 대한
학생의 대답이다. 초복, 중복, 말복과 8·15광복과 9·28수복을 합해
서 '오복'이라고 하더란다.

인간은 누구나 탈 없이, 걱정 없이 잘 살기를 원한다. 이 모든 조
건이 다 갖추어진 삶의 형태를 다섯으로 나누어 그걸 오복이라 부른
다. 중국에서 처음으로 일컬어 온 이 오복은, 건강하게 오래 사는 수
壽와 여유로운 생활의 부富와 심신이 편안하게 사는 강녕康寧과 덕
있는 이와 더불어 사는 유호덕攸好德과 삼재팔란三災八亂에 화를 당하
지 않고 천수를 누리다 생을 마감하는 고종명考終命을 말한다. 오복
을 어떤 이는 천복天福이라고도 부른다.

이런 천복을 다 누리기는 힘들지만 주어진 여건 속에서 힘든 삶을 복이라 여기며 살아가는 선각들의 깨달음은 참으로 존경스럽다. 가난해도 남의 것을 바라지 않고 가진 것에 만족하는 안빈낙도安貧樂道라는 말은 오히려 부자보다 심신이 편안해서 가난을 즐거운 도라고 생각했다. 비록 곡식이 없어도 백결선생은 방아타령을 노래로 불러 배고픈 이들을 위로했다. 돈 때문에 형제가 법정에서 치고받는 추태보다는 가진 것이 적어도 골육끼리 오순도순 사는 즐거움이 행복이라 할 수 있다. 재벌총수가 자살하는 경우가 더러 있었는데 이 번에도 돈 때문에 재벌오너가 법정구속 되는 서글픈 모습을 보며 안빈낙도로 자위하는 서민들도 많을 것이란 생각이 든다.

구차해서 힘들어도 즐겁게 사는 선각자들은 자신의 환경에서 소박한 즐거움을 만들며 살았다. 추사秋史 김정희는 생의 즐거움을 일독一讀, 이색二色, 삼주三酒라 했다. 선비의 기강을 지켜 글을 읽는 즐거움과 변치 않은 교류로 벗을 불러 학문을 논하는 즐거움과 술잔을 기울이며 휴식함을 삼락이라 했다. 고달프지 않은 건강과 외롭지 않는 교류, 소박한 심정으로 사는 즐거움을 엿볼 수 있다.

"부모형제의 무고함이 즐거움이고, 하늘을 우러러 법과 도덕과 양심에 부끄러움이 없는 삶과 천하의 영재를 얻어 교육하는 즐거움이 삼락이다."라고 설파한 맹자의 말도 많이 회자가 되어 온 이야기다.

영의정에 오른 이조 말엽의 신흠申欽은 조선조의 사대문장가의 한 사람인데 그의 저서인 상촌고象村稿에서 인간삼락을 말했다. 물론 이보다 훨씬 전인 명明시대의 육소형陸紹珩이 취고당검소라는 책에 기록(괄호 안 참조)을 모방하긴 했지만 매우 감명을 주는 흥미로운 글이다.

문을 닫으면 읽고 싶은 글 읽어 즐겁고, 폐문열회심서閉門閱會心書(폐
문열불서閉門閱佛書)

문을 열면 반가운 손님 맞으니 즐겁고, 개문영회심객開門迎會心客(개
문접가객開門接佳客)

문을 나서면 좋은 경치 실컷 구경하니, 출문심회심경出門尋會心境(출
문심산수出門尋山水)

이것이 내 인생의 세 가지 즐거움일세. 차내인간삼락此乃人間三樂(차
인생삼락此人生三樂)

불교에서 말하는 삼락은 좀 다르다. 위에 열거한 삼락과 복은 주
로 세상에 살면서 누리는 것이지만 여기서는 그 중심이 내세를 표방
한 즐거움이다. 불교 삼락의 그 첫째는 열 가지의 선업善業을 쌓으면
그 공으로 후세에 누릴 영광이 있다는 즐거움과 수행자가 선에 들어
가 누리는 즐거운 희열과 생멸고락이 끝나서 영혼이 누리는 열반락
涅槃樂을 불가삼락이라고 한다.

예수가 가르친 산상복山上福도 마찬가지다. 지상에서 누리는 복의
비중보다는 천상 복을, 육신보다 정신적인 복을 더 강조했다. 마음
이 가난해야 하고 남을 위로할 줄 알아야 하고 평화를 위해 온유하
게 처신하라고 했다. 배고픔보다 의에 목마른 사람이 되어 청결한
생활을 하라고 일렀다. 화평케 하는 사람이 되고 억울한 핍박도 복
으로 알고 살라고 했다. 긍휼심을 발휘해서 남의 슬픈 가슴도 위로
하고 애통하라고 했다. 이런 것을 복으로 알고 사는 사람은 심중에
늘 즐거움을 누린다는 교훈이 산상수훈의 골자다.

오늘을 산다는 것은 분명히 기교다. 기술적 재능이 없으면 삶은

실패로 마감한다. 눈만 뜨면 무엇인가를 해야 하고 나서면 누군가를 만나야 하고 했다 하면 무엇엔가 부딪쳐야 하는 세상에서 잘 산다는 게 쉬운 일은 아니다. 말도 행동도 삼가는 사람이 되고 움직임도 부딪침도 협상의 명수가 되어야 하는 시대를 살고 있다. 거친 들판을 개간해야 하는 것을 힘들다 여기지 않고 황무지를 일구는 고달픔을 즐거운 마음으로 바꾸는 요령이 삶의 기교요 생활락生活樂의 근원이다.

2부

# 사람의 본질

# 인연 因緣

백천만겁난조우百千萬劫難遭遇란 말이 있다. 오래 살아도 참 인연因緣을 만나기가 힘든다는 말이다. 결과를 산출하는데 직접, 내재된 원인을 인因이라 하고, 그 결과의 산출을 돕는 외적, 간접적인 것을 연緣이라고 해서 이를 합한 말이 인연이다.

또 긴 세월을 가리키는 단위를 예부터 겁劫이라고도 했다. 한 살부터 8,400세를 산 사람이 다시 백 년을 한 살로 쳐서 거꾸로 계산해 열 살이 될 때까지 줄어들다가, 또 열 살부터 백 년을 한 살로 쳐서 8,400세를 먹는 나이를 일 겁이라고 불렀다. 약간 추상적이긴 하지만, 겁을 표현하는 다른 방법도 있다. 높이가 육六 척尺이고 둘레가 40리 되는 원통 안에 담배씨나 새삼씨 같은 작은 알갱이를 가득 채워 놓고 새 한 마리가 사흘에 한 알씩 물어내면 끝이 나는 세월을 일 겁이라고도 불렀다. 후자의 계산법은 좀 모호하지만, 전자의 셈법으로 환산을 하면 일 겁은 4억3천백 년이란 숫자가 나온다고 한다.

백천만 겁의 세월에도 만나기 힘드는 인연이란 도대체 어떤 것인가? 남녀가 만나서 여러 해를 함께 살고 자식까지 두면 참 인연일까? 이 겁설劫說에 따르면 부부가 되려면 전생부터 칠백 겁, 부모와 자식은 팔백 겁, 형제는 구백 겁을 거쳐야 하고, 옷깃 한번 스치는 데도 오백 겁의 긴긴 세월이 흘렀다니 귀한 게 인연이구나 하는 생각이 든다.

어떤 이는 '잠자리 날개가 바위에 부닥쳐 그 바위가 하얀 가루로 부서지는 그때쯤 겨우 한 번 찾아오는 게 인연'이라고 했다. 긴 세월을 지나면서 인연한 사람들이 모여서, 오냐! 그래! 하면서 정겹게 살지는 못 할망정 죽네 사네로 찡그리고, 쥐어박는 일로 일관하다가 작별을 고해서야 인연이라고 할 수가 있겠나?

속설에는 십 년을 함께 살면 인연이고, 또 자식을 낳으면 인연이라고도 했다. 출산이나 동거한 기간이 문제가 아니다. 얼마나 서로를 돕고 의지하면서 살았느냐에 따라서 그들의 만남이 참 인연인지, 아닌지를 판단해야 할 것이다. 내외적인 요소에 의해 결과를 산출한 '인연 감정법'상의 논리이다.

만나서는 안 될 만남을 가리켜서 악연이라고 한다면 악연에서도 얼마든지 자식을 둘 수가 있겠고, 다투면서도 오래 같이 살 수가 있다. 예상치 못했던 사람끼리 우연히 만나 힘들 때 위로하고 고달픈 몸과 추운 영혼을 서로 기대면서 한 올, 한 올, 생을 엮는 삶에서 참 인연이 많다고 했다. 부자들의 질펀한 생활 속에서나 도도하게 살아가는 왕공장상王公將相들의 삶 속에서 호화로운 이들의 만남만 참 인연이 아니다. 그들에게도 참 인연이 있을 수 있지만, 악연도 흔하게 존재한다.

땡볕에 그을리고 세월의 골이 파인 검푸른 손을 맞잡고 나무 그늘에 앉아 도란도란 이야기를 나누는 노부부의 화목한 모습에서 수수억 겁의 기다림 끝에서 만난 참 인연을 볼 수가 있다. 시장 어귀의 맨바닥에 앉아 장사하는 아주머니의 머리 위에 우산을 받쳐든 초라한 남편의 구릿빛 얼굴에서도 눈물겨운 수겁의 애달픔으로 맺어진 참 인연을 존경스럽게 볼 수가 있다. 70년간 불구의 딸을 위해 희생하고 있는 구순 어머니의 상접한 피골에서도 모녀간의 정을 안타깝게 바라볼 수 있는 게 인연이다.

득도한 석가모니가 길에서 만난 앗사지와 목건련에게 들려 준 인연설因緣說이다. "세상의 모든 존재는 인연 따라 생기고, 인연 따라 소멸한다."라고 했다. 그리고 그 모든 존재는 실재성實在性이 부정不定되어 공空"이라고 했다. 인연이 공이라면 없어지는 존재냐 하면 그렇지도 않다. ≪반야경≫에는 '공空은 얼굴 없는 형상'이라 했으니 안 보여도 맺어진 인연은 영원불멸의 공[色不是空]이란 존재로 남아있다.

바다와 육지 사이, 하늘과 땅 사이, 꽃과 구름 사이, 저곳과 이곳 사이, 사람과 사람 사이, 너와 나 사이에는 수억 겁의 시간이 흘렀다. 기쁘고, 애달프고, 즐겁고, 아프고 쓰린 교감이 반복되면서 생사를 넘나들던 불사조의 몸짓이 있었기에 가족이 되고 친구가 되고 이

웃이 되는 우리의 만남이 이루어졌다고 믿자. 그리고 이 만남을 진실한 인연, 거부할 수 없는 진연眞緣으로 생각하자. 이 귀한 인연도 영원한 공空이 되어 우리들 눈앞에서 사라지는 게 또한 인연이다. 다시 말하면 영원할 수 없는 게 인연이다.

꽃잎 하나가 머리 위에 떨어져 잠깐 예쁘다가 바람 불면 어디론가 훌훌 날아가 버리듯, 아쉬움 같은 것이 인연이다. 눈 깜빡 할 사이에 지나고 마는 것, 그게 인연이고, 해 뜨면 없어지는 아침이슬 같은 게 바로 너와 내가 속한 인생이 아니겠는가!

사람도 믿지 마라, 세월도 믿지 마라, 그리고 인연도 믿지 마라. 때가 되면 이 모든 것은 다 떠나간다. 그리고 더는 우리 서로 볼 수가 없게 된다. 함께할 때 웃고, 사랑하고, 이해하는 것이 바로 수수억 겁 뒤에 맺어진 우리들의 귀한 인연이라 여기자.

# 공짜

세상에 공짜가 있다면 어떤 것을 들 수가 있을까?

부정모혈父情母血로 이루어진 이 몸뚱이야 값 없이 부모님께 공짜로 얻은 게 틀림없다. 우주 같은 아버지의 은혜나 주위 분들의 극진한 사랑도 공짜였다. 뱃속에서부터 받아먹은 어머니의 따뜻한 젖도 돈 한 푼 안 낸 공짜였다. 어떤 시인은 '어머니의 비좁은 뱃속에서 열 달 산 방값도 한 푼 갚지 않은 공짜'라고 했다. 형제들과 주위사람들에게 받은 온갖 은혜가 다 공짜다. 어디 그뿐이랴, 생각을 해 보면 사람이 살아온 역정의 전부가 값을 쳐준 게 적고 거의 다 공짜라 해도 과언이 아니다.

흔히들 공짜라고 하면 물질적인 것을 연상한다. 그래서 물질공짜가 많으면 유익도 하겠지만, 그 공짜로 인해서 정신이 부실해지고 교만하거나 도덕적으로 비난을 면하기 어려운 탈선을 하기가 쉽다고도 했다. 보도에 의하면 국내외적으로 복권에 당첨되어 거금을 거머쥔 사람들 대부분이 제대로 된 가정을 지키지 못했고, 건강도 나빠졌으며, 골육들과도 반목했고, 부부도 의혼이라는 극단의 선택을 한 사례가 많다고 한다. 공짜라는 이름이 붙은 돈은 무서운 폭약으로 변해서 피해를 입는 이들이 한둘이 아니다.

예부터 말하기를 '노름돈은 거품이다.'는 이야기나 '입양으로 얻은 양부모의 재산이 오래가지 못한다.'는 말처럼 힘 안 들이고 취한 돈은 길게 지니지 못한다는 것이다. 내 손으로 힘들게 번 돈은 귀하지만, 거저 생긴 뭉칫돈은 쉽게 쓰게 마련이다.

성현의 글이 생각난다.

"무고이득천금無故而得千金은 불유대복不惟大福이라 필유대화必有大禍"라고 했다. 이 말은 '아무런 연고, 즉 타당한 대가 없이 얻은 천금은 큰 복이 아니라 화가 올 것이다.'는 의미다. 기억해 놓고 새겨 볼 금언이다.

세상에 공짜가 정말로 있을까? "공짜라면 양잿물도 큰 것으로 골라 먹는다."는데, 공짜를 굳이 마다할 사람도 있을까? 하는 생각도 든다. 아직은 그래도 인정이란 게 남아 있어서 이웃에 선을 베푸는 훈훈한 미담들이 더러 흘러나온다. 갸륵한 정성이 어두운 사회의 구석을 밝히는 것을 본다.

평생 모은 전 재산을 사회에 헌납하는 이야기는 곧 누군가에게 재산의 전부를 공짜로 준다는 말이다. 큰돈을 사회에 던지는 기업가나 부자들의 행적은 세상에 알려져 어떤 때는 귀찮을 정도로, 소음처럼 들릴 만큼 시끄럽게 법석을 떨지만, 선량한 민초들의 행적은 별로 주목받지 못한다. 과부의 두 엽전마냥 전부를 바쳤는데도 그 액수가 적은 이유 때문에 금방 묻힌다. 질보다 양을 중시하는 풍조로, 어찌 보면 세상도 큰 공짜를 좋아하는 시대임을 알려주는 대목이다.

사람은 매일 듣고, 보고, 생각하고, 판단한, 크고 작은 일들을 기억하면서, 또 한편으로는 그 기억들을 잊으면서 살아간다. 그래서 인간을 가리켜서 망각의 동물이라고도 했다.

우리는 받은 공짜들을 잊으면서 살고 있을 뿐이다. 지금까지 살면서 받은 공짜는 너무도 많다. 친척과 친지로부터, 선생님으로부터, 동료들로부터, 이웃들로부터, 선후배들로부터 받은 물질과 정신적인 고마운 공짜들이 어디 한둘이겠는가? 다만 그 얻은 공짜들을 망각했을 뿐이다. 사람이란 남에게 받은 충격이나 상처는 두고두고 분개를 하지만, 공짜로 얻은 것이나 혜택들은 쉬이 잊어버리는 속성을 지니고 있다.

준다고 해서 공짜라고 덜렁 받고 세월이 흐르고 나면 잊어버린다. 고마운 것들도 숱하게 많았을 텐데 기억나는 게 별로 없다. 누군가로부터의 배려나 호의를 준다고 넙죽 들이키고는 나 몰라라 하면서 딴전을 부리지는 않았는지, 은혜를 알면서도 철면피로 지냈고, 갚을 줄도, 베풀 줄도 모르는 후안무치로 살지는 않았는지, 모든 양심을 항문 밑에 깔고 억지로 앞가림을 하는 척하지는 않았는지?

언제 누가 달랬나, 공짜라 해 놓고는, 그냥 준다 하고선, 능글맞게 능청을 떤 적은 없는지, 이런 수치를 감추면서 남 앞에 우쭐대지는

않았는지, 주는 데는 인색하고 받는 데는 날렵하지는 않았는지! 나
와 내 생애를 돌아본다. 그리고 자책을 한다.

# 오직

경상북도 문경의 어느 폐광산 절벽 언덕배기에 나무십자가를 지고 한 남성이 죽었다. 경찰의 발표대로라면 그는 기독교의 광신자로서 자살을 했다고 한다. 누군가가 십자가 위에서 죽도록 도와주었다는 이론도 있었지만, 경찰청은, 심지어 심리학자며 법의학자까지 동원된 조사결과를 토대로 자살이라는 판정을 했다.

그 광신교도의 평상시의 언행을 토대로, 십자가의 재료 구입과 이에 필요한 연장들도 사망자가 직접 샀다는 증거와 증인도 나왔다. 적금도 찾아서 형에게 보낸 내역도 공개가 되었다. 손수 만든 십자가에 올라 준비한 끈으로 나무십자가에 허리를 묶고 구부려서 망치로 발목에 대못을 박고 일어서서 나무와 허리를 동여맨 끈을 풀고 손목을 걸 수 있게 미리 만들어 둔 쇠고리에 두 손목을 끼우고 약

3일 정도 매달려 있다가 죽었다는 추리이다. 성경에 나오는 골고다의 언덕과 흡사한 곳을 골랐다는데, 십자가 밑에 버려진 망치며 자신이 설계한 십자가의 도면도 있었고, 온갖 행동요령도 적혀 있었는데 실천 가능한 자살이었단다.

이와 비슷한 시기에 젊은 스님 한 분이 군위 땅 어디에서 미국산 쇠고기 수입을 반대하는 촛불시위대를 추종하는 유서를 남기고 전신에 기름을 덮어쓰고 분신자살을 했다. 그 일 년 후에 불교신도를 자처한 어떤 여인이 군위에 있는 이 문수스님의 무덤에서 또 자결을 했다.

사람의 정상적인 말과 행위는 그 사람의 수양과 인격의 차이에 따라 다르겠지만, 학자들의 일치된 견해는 이성理性과 감성感性과 의지意志가 적당하게 합해져서 어우러질 때 모든 것이 조화를 이룬다고 한다. 그런데 이 셋 중 어느 하나가 빠지거나 모자라거나 또는 지나치게 발달을 하여도 다혈질이 행동화하게 된다. 돈키호테 같은 행동이 이에 해당된다.

이성이란, 개념적으로는 사유하는 능력에 상대하여 이르는 말인데, 다시 말하면 사물의 순리를 생각하는 능력이라고도 할 수 있다. 참과 거짓을 구분하며 선악의 식별력도 여기에 속한다. 그래서 이성도 발전을 시키려고 본인이 교육으로 또는 생각으로 부단히 노력을 해야 한다. 그리고 자주自主에 일어나는 느낌으로써의 능력을 감성이라 부르고 남과 나를 비교하는 일이며 사물의 편견과 집착에서 벗어나 타인을 배려하는 일들도 물론이다. 또 어떤 일을 이루어 보려는 결심에서 생긴 인내와 포기하지 않는 끈질긴 힘을 말할 때 의지라고 한다.

　그렇다면 이성과 감성과 의지가 균형을 잃고 형평성을 갖지 못한 사람에게 일어나는 편견과 아집과 독선은 앞뒤를 돌보지 않고 "오직"이라는 외곬길로 치닫게 된다. 남의 이목도 살필 줄 모른다. 이해타산의 계산법도 모른다. 절제를 잊고 제 생각대로 전진만을 하다가 파멸을 부르게 된다. "오직 공산당! 오직 우리 종교! 오직 내 주장! 오직 우리, 오직 내 것!"이라는 위험한 경지에 다다르게 된다.

　이성과 감성과 의지가 적당한 균형을 이루지 못할 때 정진력과 판단력의 객관성이 상실되고 만다. 아무리 좋은 이념이나 종교나 생각도 보편성을 잃으면 위험하다. 정치도 좌우판별을 못하고 한쪽으로 기울면 파멸이 온다. 경제도 그렇고 문화도, 사회의 모든 제반이 다 제 페이스를 잃으면 그렇다. 빈부의 차가 심하면 사회가 균형을 잃고, 노소가 구분이 없어지고 선악에 대한 의식이 희미해지고, 좌우가 전도되며 유무의 식별이 어렵고, 부여된 자기사명과 존재가 불분명해진다. 음과 양의 구별이 힘들고 순리가 악리를 제압하기 어려운 지경을 맞게 된다. '오직!'만을 내세운 자기감정의 표출과 비상식에서 헤어나지를 못한다.

　상식이 통하는 사회가 되고. 인간이 본분을 알고 사람이 편히 사는 사회가 되려면, 역사가 주는 교훈을 터득하고 남과 나를 같은 반열에 올릴 줄도 알아야 한다. 역지사지란 이럴 때 쓰는 말이다. 사물의 순리를 모르고 내 판단의 정확성을 과신하는 행동이 가져오는 무서움도 예단을 할 줄 알아야 한다.

　"무식이 범보다 무섭고, 오판은 무식보다 더 무섭다."라는 말이 있

다. 감성과 의지만 발달한 비이성이 얼마나 무모한 결과를 가져 오
는지를 알려 주는 말이다. 모든 사물의 순리를 우선할 줄 아는 정상
적인 이성을 가진 사람이 많이 사는 곳을 우리는 화평한 사회라 부
른다. 그래서 우리 모두는 이런 세상을 염원하며 추구하고 있다.

# 남자들아

— 남풍당당하처거男風當當何處去


국방의 경비강화와 문화 창달에 지대한 공을 남긴 세종대왕은 한글창제와 측우기를 만드는 등 큰 업적을 남겼지만 만 원짜리 지폐에 앉았는데, 화폐의 최고단위인 오만 원권에는 자식을 기르며 그림이나 그리던 평범한 가정주부인 신사임당이 당당하게 걸터앉은 나라답게 여당비상대책위원장(박근혜)과 야당대표최고위원(한명숙)이 거의 동시에 여자로 뽑혔다. 19대 총선을 앞둔 그들이 인사차 함께 한 자리에서 내뱉은 일성이다.

"양당 대표가 여자이기는 처음입니다. 역사를 바꿀 만큼 한번 잘 해 봅시다." 의자에 나란히 앉아 둘은 맞장구를 쳤다. 치마 달린 여성복보다 남장이 편하기도 하지만, 어느 남장여자국회의원(전)의 말을 빌리면 '당당해지고 싶어서'란다. 오랫동안 입었던 치마를 벗고

바지를 입는 여자들은 머리도 남자 하이칼라를 모방한다. 구두도, 양말도, 허리띠도 남자 것 그대로다. 비녀 꽂은 낭자머리에 볼 좁은 코신버선의 아낙들은 보기가 힘들다. 여자세계가 남성화된 것이다.

이제는 칠거지악七去之惡에 순응할 여자도 없고, 여필종부女必從夫란 말은 무색, 무광, 무용지고물이다. 어릴 때는 부모를, 시집가면 남편을, 후엔 자식을 따른다는 삼종지도三從之道는 말하는 이도 없거니와 말할 필요도 없다. 남존여비男尊女卑라는 단어가 이 땅 위에서는 더 이상 써먹을 곳이 없어졌다. 한때 여자들이 외친 '남녀평등'은 그 도를 넘어 여존남비에 수탉 잡을 물이 한창 끓는 중이라는 농담도 있다.

"암탉이 울면 집안 망한다."

"수탉이 제 구실을 못 하면 암탉이라도 울어야지!"

"모이만 축내는 수탉 대신 암탉 한 마리 더 키워 알 하나 더 얻으면 우리 경제가 산다."

속이 터진 어느 교수는

"경제는 수탉에게 맡겨라, 무정란을 모르느냐?"

여성CEO 출현을 빗댄 일도 있었다.

각종 고시나 시험에서 여자들 실력이 남자들을 따돌린 결과가 오늘 눈앞에 펼쳐지는 19대총선공천권의 보도를 흔들어 대는 여야대표의 여女장수 등장이다. 여당비상대책위원회를 부산에서 갖겠다면 남자들은 부산에 모이고, 야당최고위원회를 대구에서 갖는다면 다들 거기로 집결했다. 청백 여女기수 깃발 앞으로 남자선수들이 이리저리 몰려다닌다. 공천 발표를 하고 나면 어떨지 모르지만, 지금 상황으로서는 속에 천불이 나도 끽 소리 한번 못하고 쩔쩔매는 고개 숙인 남자들 꼴이 우습다기보다 차라리 불쌍하다는 생각이 든다.

남녀평등을 먼저 부르짖은 미·영·불 같은 선진국에서도 여야 대표가 한꺼번에 여자로 채워진 적은 없었다. 우리보다 한 발 앞선 일본도 그렇다. 중국도, 소련도 마찬가지다. 잠깐 여자대통령이 나왔던 필리핀은 혼란과 파탄의 연속이고, 남미 쪽 두어 곳은 정치도, 경제도 죽을 쑤고 있다. 여성리더가 안 된다는 것은 아니다. 다만 너무 앞서다가 큰코 다칠까 싶어 타산지석으로 삼자는 말이다. '안에서 맥 못 추는 남자, 밖에선들 오죽 하겠냐.'고 체념하면 그만이지만, 여성지존至尊의 펼쳐지는 현실 앞에 기 안 죽고, 주눅 안 들고 어떤 남자가 배기랴!

'한국보건사회연구원'이란 게 있는 모양이다. 뭐 하는 곳인지도 모른다. 그러나 그 이름으로 보면 국민의 건강을 걱정하는 국립기관으로 짐작이 간다. 여기서 여론조사를 했는데, 71.8%의 여성들이 나이 든 남편을 부담스럽다고 했다. 특히 늙은 남편은 없는 것만 못하다는 답도 많았단다. 결혼을 후회하거나 독신이 부러워 운 적이 있는 여자들도 18%라니 이래저래 천대받을 남자들 생각에 가뜩이나 없던 입맛이 더 씁쓸해진다.

평생토록 가족과 무리들을 보호하고 일가를 지켜내다 젊은 것에 무리도, 우리도 다 빼앗기고 여행을 떠나 쓸쓸한 종말을 맞는 수사자 생각도 나고, 여왕벌의 명에 따라 쫓겨나는 수벌들의 처참한 말로도 남자들 입장에는 어쩐지 좀 그렇다.

어느 TV방송 〈일요일 밤을 즐겨라〉에 초등 2학년생이 쓴 〈아빠는 왜?〉란 시詩다.

"엄마가 있어 좋다 나를 이뻐해 주어서/ 냉장고가 있어 좋다 나에게 먹을 것을 주어서,/ 강아지가 있어 좋다 나랑 놀아 주어서/ 그런데 아빠는 왜 있는지 모르겠다."

서양에서는 남자의 갈비뼈 하나가 여자 아닌가? 또 우리나라에서는 애엽(약쑥)을 마늘과 함께 먹고 인내한 곰이 우리 시조 환웅의 아내다. 이런 나라에서 여자들 고성에 남자들이 기절 반, 졸도 반의 풍조가 안 스며든 구석이 없다니 한탄도 다 못해서 통탄, 개탄할 일만 남았구나!

어느 여성단체는 이번 총선에서 여성 진출을 독려하는 현수막에 "여풍당당女風當當"이라는 이색적인 문구를 내걸고 길거리에서 흔들어 대고 있다. 이 여풍당당의 슬로건 앞에 쪼그라들면서 처절하게 무너지는 남성들을 보노라면,

"남풍당당하처거男風當當何處居/ 도도하던 남자들 기백은 다 어디로 갔노!"가 입에서 절로 나온다.

# 노老선사의 유훈遺訓

　'꿔다 해도 한다.'는 긴 칠월장마가 끝나고 아침저녁으로는 제법
서늘한 바람이 베적삼 소매 속으로 스미는 처서절處暑節 오후다. 별
채로 이어지는 비탈길을 따라 스님과 신도 몇 분이 바쁜 걸음으로
올라가고 있었다.

　"대선사님의 입적이 임박해졌나 보네."

　"참으로 오래 지탱을 하시는군요."

　"무상하고 덧없는 게 인간인 듯도 하지만, 어찌 보면 질긴 게 사람
목숨인 듯도 싶네."

　"벌써 선사님이 곡기를 놓으신 지도 스무날이 지나 달포에 이른답
니다."

　짧게는 이십 년 길게는 사십 년을 넘게 노선사에게 설법과 무술과

철학과 인생을 배운 제자들이 구순九旬이 넘은 스승의 임종을 보자
고 전국에서 모여들어 절 경내에 머물고 있는 중이다. 방장스님이
노선사의 이마를 오른손으로 짚어 보더니 손과 발과 전신을 골고루
만져본다. 체온과 맥박으로 임종을 진단하는 육진肉診인 듯했다.

"스승님! 이제 마지막 유훈을 주셔야겠습니다. 저들에게 마지막
깨우침을 주십시오." 방장스님의 말에 방안은 더욱 조용해졌다. 이
윽고 피골이 상접해진 노선사가 입술을 몇 번 움직이더니 오른손을
약간 들어 좌중을 향해 손가락 두 개를 엉성하게 흔들며 가까이 오
라는 형용을 한다. 그러자 방장스님이 사람들에게 다가앉으라는 수
신호를 했다. 노선사가 나직하게 들릴 듯 말 듯한 목소리로 더듬거
려 하는 말이다.

"내 입을 벌려 보아라." 가까이 앉은 스님 두 분이 거의 동시에 노
선사의 얼굴 쪽으로 손을 가져가자 선사는 경련을 보이면서 자력으
로 핏기 없는 입술을 억지로 벌렸다.

"내 입안에 무엇이 보이느냐?"

"예! 스승님! 혀[舌]가 보입니다." 좀 전에 입을 벌리려 했던 스님이
말했다.

"이빨은 안 보이느냐?"

"예! 안 보입니다." 먼저 말을 한 스님이 또 대답을 했다.

"이[齒]가 하나도 없느냐?"

"스님의 이빨이 다 빠진 지가 여러 해가 지났습니다."

이십 년도 넘게 노선사를 모시고 있는 방장스님의 대답이다.

"그래! 이빨은 없고 혀만 남은 이유를 아느냐?"

"……."

눈을 감은 노선사의 숨결이 가쁘다 못해 휘파람소리까지 섞여 나왔다.

"스승님 너무 힘이 드십니다, 말씀을 빨리 끝내셔야겠습니다." 호흡이 가쁘고 숨결이 거칠어진 노선사의 야윈 가슴에 오른손을 넣으면서 방장스님이 안쓰러워하는 말이다.

"으－ㅁ! 혀보다 이빨이 늦게 태어났지만 먼저 없어진 이유를 알라."

힘이 드는 듯 노선사는 잠시 쉬었다가 더듬거리는 목소리로 말을 이어 나갔다.

"이빨은 딱딱해서 먼저 없어졌고 혀는 부드러워서 오래 살아남았느니라. 모난 돌이 정釘 맞는다. '평촌유온平村裕溫'이라는 말로 기억해라! 세상을 부드럽게 살아라."

말을 끝내자 노선사는 일으켜 달라는 시늉을 했고 호흡이 가빠진 스님의 상체를 방장스님이 보듬어 안자 부드러운 얼굴로 방안을 휘둘러보고는 미소와 함께 스르르 눈을 감았다.

"스승님! 선사님!"

노선사를 둘러앉았던 이십여 명의 제자들과 신도들이 통곡을 한다.

산다는 것은 무엇이며 죽음은 무엇인고! 백 년도 짧다면 짧고 찰나도 길다면 긴 인생, 신의 경지에서 보면 하루가 천 년 같고, 천 년이 순간 같은 공간법칙空間法則과 주원섭리宙原攝理가 생존원리에 순응하는 인간들에게 공평하게 주어지는 '죽음'이라는 또 하나의 사례를 맞는 순간이다.

생즉멸야生卽滅也        유즉무야有卽無也
대정법척멸大正法尺滅        인불가항력人不可抗力


태어나면 반드시 죽어야 하고

있는 것은 언젠가는 없어지게 되고

모든 사물에 적용되는 신의 잣대 앞에서의 죽음이란

사람으로서야 어쩔 수 없는 경지 아닌가!


해탈의 고비마다 질곡하던 탐貪, 진嗔, 치癡의 삼독三毒도, 깨달음을 가로막던 오욕칠정五慾七情과 천번만뇌千煩萬惱도 오장육부와 사지백체四肢百體의 각영명멸刻靈命滅에 종부終斧를 치는 죽음이라는 고비를 넘어선 것이다. 제행무상諸行無常의 인간들아! 너희들은 어디서 온, 어떤 존재냐? 장작에 불이 타니 저 불꽃은 어디에서 왔던가? 나무에서 나왔던가? 공기에서 나왔던가? 세상이라는 불에 구십여 년 타고 남은 저 재灰는 또 무엇이 되어 어디로 갈 것인가?

〈불생불멸불구부정不生不滅不垢不淨〉 생길 것, 없어질 것, 추할 것, 맑을 것도 다 없고,

〈부증불감不贈不減〉 더하는 일도, 줄어들 일도 없다.

〈무색성향미촉법無色聲香味觸法〉 소리도, 향기도, 맛도, 감각도, 대상도 없이,

〈무안계내지무의식계無眼界乃至無意識界〉 의식에서 무의식까지, 아무것도 없이,

〈미지향은계지본향未至鄕隱界之本鄕〉 저 광대무변한 미 지향 은계의

본향을 향해,

　〈무안이비설신의無眼耳鼻舌身意〉 눈도 귀도 코도 혀도 몸도 정신도 없이.


　회공懷空으로 자성自性의 틀을 넘은 아제아제揭蹄揭蹄와 타의 집착을 벗긴 파라아제波羅揭諦로, 자타의 각행원만覺行圓滿을 이룬 구순의 메아리는 "평촌유온平村裕溫"이라는 각설覺說을 유훈遺訓으로 남겼고, 실천적 기능機能으로 십방十方을 밝히던 노선사 한분이 다시는 못 올 먼(nirvana) 길, 열반涅槃을 떠나는 순간이다.


　태어난다는 것은 한 조각 구름이 일어나는 것이고.
　죽는다는 것은 한 조각 구름이 사라지는 것이다.
　(일신출현일점부운一身出現一點浮雲
　일구몰역일편부운一軀沒亦一片浮雲)

# 수필은 '이단 작가' 출현을 기다린다

소설은 중흥기를 맞고 있다. 시집도 잘 팔려 나가 일류시인들의 대우는 호강 쪽에 가깝다. 희곡은 영화나 TV를 소비처로 작가는 명예도 부도 누린다는데 수필 쓰는 사람은 명함 한 장 내어놓는 것도 주눅이 든다. 수필가가 푸대접을 받는다는 것은 수필의 인기가 떨어졌다는 증거다. 신문의 신춘문예도 거의 수필은 빠졌다. ≪창작과 비평≫ 같은 권위 있는 문예지는 시, 소설, 희곡, 비평만으로 신인문학상을 제정했다.

인간이 문자를 만들어 소통하는 문장의 첫 출발이 수필이다. 우리 문화의 근간이 된 한문의 천자문부터 보자. 하늘 천, 따 지, 검을 현, 누를 황天地玄黃과 집 우, 집 주, 넓을 홍, 거칠 황宇宙洪荒은 "우러러 하늘을 보면 빛은 창창하여 끝없이 멀고 아래로 굽어보면 땅은 적막

하고 색은 황색이다. 우주는 유구무변悠久無邊하여 개벽한 태고의 시대는 분별도 없이 초미草昧해서 넓고 끝이 없었다.”라는 수필이다. 또 가정마다 비치한 모든 족보의 서문도 조상추앙과 가문자랑의 수필체이다. 성경도 ‘태초에 말씀이 계시니라. 이 말씀이 하느님과 함께’로 된, 시도 소설도 아닌 수필형식으로 시작했다. 그래서 수필을 문장의 맏형이다.

늦게 태어난 시나 소설이나 희곡들이 수필보다 인기가 좋은 이유는 뭘까? 그들은 독자의 구미에 맞추려고 변화를 했기 때문이란다. 반면에 수필은 불변의 구태만을 고집하는 학문이란 지적이다. 근 한 세기 동안 〈청춘예찬〉(민태원), 〈신록예찬〉(이양하), 〈낙엽을 태우면서〉(이효석) 같은 명수필의 그늘에 안주하면서 전통을 만들고 신변잡기를 쓰는 등 구태를 벗지 못했다는 게 평론가들의 말이다.

오늘의 수필을 독자들의 입장에서 보면 주제도, 내용도, 표현도, 비슷해서 그게 그거라고 지레짐작을 한다. 한마디로 식상해 있다는 것이다. 재미가 없다는 말이다. 음식이라면 영양은 둘째로 치고 맛이 별로라는 것이다.

수필에 대해 지식이나 자랑할 경륜은 물론 없다. 그러나 남의 글을 많이 읽었다. 속독법을 익힌 덕도 있지만 독서를 많이 한다는 평을 듣고 산다. 그래서 말인데 ‘술맛은 술을 만드는 사람보다 마시는 술꾼이 더 잘 안다.’거나, ‘푸줏간 고기 맛은 백정이 아니고 장꾼에게 물어보랬다.’는 말에서 보듯, 글의 감정사는 작가라기보다 읽는 독자라고 해야 옳다.

연전부터 수필은 변해야 된다고 외치는 중견수필가들도 더러 있다. 그분들을 주시한다. 그러나 말과는 달리 변화가 늦어지고 있음도 안타깝다.

수필이란 가슴속에 묻어있는 아픔과 슬픔과 고뇌하던 것들이 한 점 부끄럼 없이 환히 드러난 작품을 독자들은 원한다. 아무래도 변해야 할 부분이 있는 게 수필이란다. 소재도 꺼리는 게 있다. 안 될 말이다. 주변에서 일어나고 생각했던, 자랑스러운 일, 감동과 감화를 주는 미담전시장이 수필이란 오해는 풀어야 한다. 표현도 일인칭, '나'일 필요는 없다고도 한다. 장문수필이나 천자수필도 있긴 하지만, 길이를 두고도 왈가왈부할 것도 아니다. 이해를 돕는 외래어 혼기도 많으면 꺼린다. 욕설이나 부끄러운 내용도 금물이다. 미사여구를 동원하는 등 인격문이라야 한다는 관념과 전통도 무시되어야 한다.

수필을 자아의 표출문, 또는 고백과 체험문이라고도 한다. 희로애락의 드라마라고도 한다. 굴곡이 심한 요철凹凸 같은 세상에서 바로 살기란 쉽지 않다. 자랑과 우월감에서 쓰던 수필을 실수나 실언들과 아픔이 빚은 일들을 여과없이 털어놓는 일이 많았으면 한다.

독자가 상상할 수 있게 여지를 남겨 두는, 소설 같은 수필구절도 가끔은 필요하다. 독자와 침묵의 소통이라는 매력이 얼마나 긴요한지를 알자. 또 시 같은 수필도 생각해보자. 문장을 예쁘게 다듬고 꽃수를 놓는 것도 좋지만, 글은 함축이 진미라는 것도 생각할 필요가 있다. 오탁번 시인은 시골 이장이 제설작업 나오라는 방송을 하며 "우리 동네 몽땅 좆 돼버렸쇼. 잉!"라고 한 욕설 몇 구절로 수필 같은 시를 써서 독자들의 구미를 당겼는데 시인들은 그 시를 탓하기는커

녕 시인 연합회장에 추대했다. 희곡을 보자. 희곡의 묘미는 대화의 감칠맛에 있다. 대화가 얼마나 뇌에 감명을 주고 자극하는가는 익히 아는 바다. 수필에도 대화가 있어 지루함을 덜어주는 희곡 닮은 수필은 어떨까도 생각해 보자. 수필은 꼭 긍정과 대답의 학문일 필요는 없다. 질문과 의문과 추리의 문지방을 넘나들 이유는 이 정도로 충분하다.

수필 같은 시. 수필 닮은 희곡과 수필 같은 소설이 득세판을 치는데, 수필은 수필 같은 수필만 고집할 것인가. 이제는 시 같은 수필, 소설이나 희곡 닮은 수필이 나와도 나무랄 이유는 없다. 전통을 깨부순 새로운 수필을 속히 읽고 싶다. 수필계의 '반항아' '이단 작가'의 출현을 기다리는 수필독자들이 많다고 보는 이들도 적지 않다.

# 개똥참외의 추억

개똥참외는 개똥밭에서 크거나 열린다고 해서 붙여진 이름이 아니다. 참외 농사는 하지夏至를 지나고 초복이 되면 수확을 시작해서 말복에는 거의 다 끝난다. 물론 비닐이라는 발명품이 나오기 전의 이야기다.

삼복절에 참외를 먹고 들일을 하다 말고 밭둑을 은폐물로 용변을 자주한다. 이때 소화가 덜 된 참외 씨가 변과 함께 나오고 빗물에 흘러온 흙속에 묻혀 발아를 하게 된다. 변이란 영양분을 안고 자라면서 열린 참외를 개똥참외라고 부른다. 이렇게 무병한 넝쿨에서 열린 개똥참외는 싱싱해서 잘만 익으면 맛이 특유하기로 정평이 나 있다.

소를 몰러 남의 밭을 지나다가 콩밭 고랑에서 우연히 참외덩굴을 발견했다. 금방 횡재를 한 양 가슴이 펄럭거렸다. 참외는 두 개가 달렸다. 외바리강아지마냥 복스러웠다. 손으로 두어 번 이리저리 뒤적거렸으나 설익은 상태였다. 참외 농사를 좀 보아 온 나로서는 앞으로 약 열흘 정도는 더 있어야 이 개똥참외가 제 맛을 낼 것이란 진단을 내렸다. 참외는 아무리 굵어도 몸에 털이 있으면 겨우 성장이 끝났다고 보면 되고, 이제부터 성숙이 시작되는데 그 기간이 열흘로 봐야 한다. 그래서 사람이 다녀간 흔적을 없애고 흩어진 콩잎을 모아놓고 기다리기로 하고 집으로 돌아왔다.

지금이야 흔하디흔한 게 음식이고 간식거리도 많지만, 그땐 허기진 배를 냉수로 달래는 사람이 많고 보니 과일을 먹어보기란 쉽지가 않았다. 돈이 귀해서 물건을 살 수도 없었지만, 돈이 있어도 물품이 없는 게 그 시절이었다. 산에 갔던 사람이 봄날에 꿩알 몇 개만 주워와도 '그 집에 되게 재수가 있네,' 하고 동네가 부러워하던 시절이 아닌가.

내가 그 개똥참외를 발견한 지 여드레째 되는 날 토요일이다. 수업을 마치고 나오면서 내 눈은 저절로 개똥참외가 있는 곳을 바라보았다. 아침저녁으로는 제법 서늘한 바람이 불지만 한나절의 태양은 따가웠다. 이런 대낮에도 들에는 사람들이 숱하게 보였다. 참깨를 베는 사람, 익은 고추를 따는 사람들의 모습이다. 갑자기 불안한 생각이 들었다.

나는 집을 향해 달렸다. 마당에 계시던 어머니가 '날씨가 덥구나!' 하면서 점심을 준비하실 요량으로 부엌으로 들어가시는 뒤를 향해 책보자기를 던지면서 '잠깐요!' 하고는 골목길로 잽싸게 뛰었다. 뒤축은 다 찢어졌고 바닥은 낡고 닳아진 검정고무신을 질질 끌면서 개똥참외가 있는 들로 달렸다, 그래! 얼마만의 횡재인가, 내 평생에 두 번 올 수 없는 요행인데, 달리는 내 모습을 본 어른들은 "애야, 너 왜 그러니? 너네 집에 무슨 일이라도 생겼니?" 하면서 걱정스런 말을 걸었지만 나는 아랑곳하지 않고 달렸다. '하느님 제발요! 부처님 부디요!' 몸이 달리면 달릴수록 마음은 조급했고, 숨이 차면 찰수록, 다리가 후들거릴수록, 불안은 더해졌다. 쓰러질듯한 고비를 넘기면서 들 입구에 이르렀다.

뛰는 가슴을 진정시키면서 개똥참외가 있는 곳으로 갔다. 그런데 이게 웬일일까. 뜨거운 햇살을 받고도 시들지도 않은 채로 참외의 넝쿨은 뽑혀있었고 참외는 누가 따 가고 없었다. 뽑힌 넝쿨로 봐서는 금방 딴 게 분명했다. 하늘이 노랗고 전신의 피가 거꾸로 솟았다. 일어설 줄 모르고 두 다리를 밭고랑에 뻗고 나는 통곡을 했다. 산 아래서 소꼴을 베던 한 어른과 건너편 밭에서 고추를 따던 친구아버지가 내 울음소리를 듣고 쫓아왔다. 갑자기 뱀에라도 물렸거나 해서다. 나는 울면서 사실을 털어놓았다. 내 하소연을 들은 어른들은 픽 웃으면서 돌아갔고, 이로 인해서 사람들로부터 더러 놀림감이 되기도 했다.

이 일 후에 나는 시간만 있으면 개똥참외를 따 간 범인이 누굴까 하고 추적을 해 보았지만, 진범색출에는 실패를 했다. 안들 무슨 소용이겠냐만, 하도 억울하고 분통이 터지는 일인지라 좀처럼 마음이 정리가 되지 않았다. 나는 개똥참외의 증발사건 현장에서 내 울음소리를 듣고 달려왔던 한 어른과 친구아버지를 범인으로 단정했다. 채 마르지 않은 넝쿨로 봐서는 근자지소행近者之所行이요, 범죄는 내자

지소행來者之所行, 온 사람 소행이라 하지 않았던가?

이런 일이 있은 후부터 그해 가을이 다 갈 때까지 골목에서 이 두 어른들을 만나도 인사를 하지 않았다. 개똥참외로 인해서 내게 실망을 준 혐의자에게 인사하기가 싫었기 때문이었다.

생각을 해 보면 내가 초등학교 4학년이던 철부지 때의 일로 기억된다.

# 빨간색

국어사전에는 빨강을 '발강의 센말'로, 발강은 '발간색이나 물감'이라 되어 있다. 우리가 자랄 때는 북한을 주적으로 간주했다. 사상 전쟁이고 보니 북을 동조하거나 찬양은 고사하고 말로 두둔하기만 해도 처형감이었다. 이들에게 어김없이 붙여지는 이름이 '빨갱이'였다.

'빨갱이'라고 해서 빨간색 옷을 입거나 빨강 모자를 쓴 것도 아니었다. 6·25동란을 전후해서 인민군들을 숱하게 보았는데 그냥 그런 대로 희멀건 옷을 입었을 뿐, 빨간 색깔과는 무관했다. 그런데 왜 북한군들을 빨갱이라고 했는지는 확실한 기록이 없다. 우리말 사전에도 빨갱이는 발갱의 센말이라고 했을 뿐, 발갱이에 대한 석연한 주석은 없다. 오래도록 우리 역사 이야기 중의 한 단어가 된 '빨갱이'란 말의 어원이나 해석이 없음은 참으로 아쉽다.

말이 난 김에 부언을 한다면, 한때 이 나라 지도자들은 통치의 주무기가 반공이었다. 위정자들이 제 맘에 안 들거나 입맛에 안 맞으면 빨갱이로 몰았다. 독재가 극에 달하면 민중을 억압할 명분을 찾고 빨갱이로 몰아 정적을 처형한 게 우리 역사다. 싫든 좋든, 알았든 몰랐든, 이 나라의 대통령도 여러 명이 이 빨갱이에서 자유롭지 못했다. 그래서 독재자는 성한 사람을 억울하게 빨갱이로 몰아 처형 내지는 병신으로 만들던 '피멍의 역사'가 '벌건 대낮'에 행해진 게 우리나라 정치판이었다.

정열을 뜻한다며 제19대 국회의원 선거를 앞두고 여당비대위원들이 점퍼를 빨간색으로 통일해 입는 바람에 후보들도, 그리고 운동원들도 빨간색의 옷을 입었다. 그리고 대통령 선거를 앞두고 역시 이들은 뻘강색을 입고 거리로 나서고 있다. 어느 정당이 어떤 색깔을 선택하든지는 우리 같은 비당원들은 별 관심이 없다. 무슨 색상의 옷을 입든지 무관한 일이다. 열정의 의미로 택한 선거용이라니 나무랄 일도 아니다.

스포츠카도 대부분이 젊음을 상징하는 의미로 빨간색이다. 지심地心에 있어서 지축에 수직되는 면이 지표地表와 맞닿는 가상선을 적도赤道라고 한다. 빨간색 선의 의미고, 빨간색은 시작이라는 의미도 되고, 남북으로 위도를 갈라지게 하는 이별의 출발점이라 할 수 있다. 대한민국의 축구응원단도 '붉은 악마'라 부르고 빨간색의 옷을 입고 있다. 외적을 무찌른 곽재우 장군도 빨간색 전투복을 입어 홍의장군으로도 불렀다. 이렇듯 빨간색은 눈에 잘 띄는 원색의 하나이고 이 원색으로 인해서 여러 가지의 고운 색이 만들어진다. 좋게만 본다면 참 아름다운 색이다.

그런데 이 빨간색을 두고 북한이나 소련, 중국 같은 공산주의를 택했던 나라의 국기에는 주된 색이 빨간색이다. '민주주의는 인민의 피를 먹고 자란다.'는 말에 따라 민중봉기에서 흘리는 피를 상징하는지도 모른다. 혁명은 빨간 피를 흘려야 한다고 뜻했는지도 모른다. 옛날 원나라에서 시작된 홍건적 난도들은 머리에 빨간색 띠를 감았다고 해서 홍두적 또는 홍건적으로 불렀다. 이 홍건적 때문에 고려 공민왕은 송도(개성)에서 지금의 안동인 복주까지 피신을 하기도 했다.

그런데 빨간색을 두고 안 좋은 표현도 있다. '새빨간 거짓말'이란 표현도 있다. '벌건 대낮에'란 말은 해서는 안 될 탈법을 지탄할 때 쓰는 빨간색의 다른 표현이다. 또 무슨 요일에 다수가 피해를 입었다면 '피의 무슨 요일'이란 표현을 쓴다. 혈투가 있었다면 반드시 '피비린내'라는 표현을 쓴다. 모든 피는 빨간색이다. '피의 숙청'이란 말은 많이 들은 이야기다.

기독교는 예수의 피가 세상을 구원한다고 믿는 종교다. 천상의 외아들이 세상에 와서 십자가에 달려 죽을 때 흘린 피가 인간을 구원한단다. 그래서 신도들에게 빨간 피를 상징하는 포도주를 마시면서 속죄의 의미를 되새기는 성찬식을 행하고 있다. 빨간색구원론이다. 빨간색과 구원은 필요필수 관계란다.

우리의 풍습에도 동짓날 빨간색 팥죽을 문설주와 벽에 뿌렸다. '동지위세수冬至爲歲首'라 해서 동짓날을 설날로 했던 기록이 있다. 그래서 일 년의 강녕을 빌고 악마를 퇴치한다는 의미의 민속신앙이다.

지금도 더러 행해지고 있는 부적이란 것은 도교의 흔적인데, 빨간색만 쓴다. 태극기에도 원의 절반을 빨간색으로 그렸다. 사랑과 발전의 동행형체라니 좋다는 의미다.

좋은 의미든 아니든, 옛날부터 우리 역사와 함께해온 빨간색이다. 그런데 언제쯤부터인가, 적어도 사십여 년 당명을 네 번이나 바꿀 때까지 '빨갱이'를 뜻한다며 금기시하던 오늘의 여당이 당명을 바꾸면서 당의 상징을 빨간색으로 택했고 이번 대선에서도 빨간색을 모토로 삼는다고 한다. 이래서 역사는 순환된다고 하던가?

# 토사곽란 앓는 화가의 이력서

그림을 배우라시던 박 선생님의 권유는 반딧불이 유난하던 여름이었습니다. 그때는 밤안개가 내리깔리는 여명黎明의 뒷길까지도 새벽달이 비추고 있었는데 정작 그림 시작은 동지팥죽을 먹던 연말께였습니다. 그때부터 내 토사곽란은 시작이 된 겁니다.

일터로 달려간 사람들은 밥걱정은 안 해도 됐지만, 부지런히 학교를 가거나 책에 파묻힌 서생들은 낭패가 허다했습니다. 든든한 백(빽) 하나면 무소불능에다 무소불위로 통하던 하 수상한 시절이었습니다.

하늘이 무너지다 쪼개진 적이 있었지요. 해와 달이 둥근 줄을 몰랐습니다. 밤낮의 분별이 힘들었거든요. 붙었던 등가죽과 뱃가죽이 떨어질 때 등사동뼈의 흑심줄과 불알을 감싼 쌍땡금줄이 서로 당기는 바람에 하 고통이 심해서 옆집 돌팔이 의사께 치료를 부탁했는데 '힘줄이 서로 밀고 당기다 보면 병은 무승부로 끝난다.'는 이상한 말만 들었습니다. 무식이 판을 치던 시절이라 누가 토를 달 사람도 없었습니다.

동네 앞개울이 금계랍을 먹은 초학환자의 오줌색깔로 변하면서 소등처럼 철철 넘쳐흐르다가 강으로 빨려들어간 바로 그날 화판을 팽개치고 무너지는 둘 둑 한복판에 말뚝처럼 꽂혔습니다. 무성한 잡초 사이로 거랑물이 불어나자 강에서 올라온 피라미 새끼들을 잡아먹으려는 들쥐가 숱했는데 장마통에 굶어서 빼빼 말라빠진 들쥐를 잡아먹겠다고 앞 이빨을 드러낸 고양이 떼가 또 몰려왔습니다. 하지만 정말이지 내가 선 자리는 천연요새였습니다.

초여름이 되자 개천 구석에 임자 없이 자라 천지에 가득 핀 유채꽃들이 장관을 이루고 꽃향기가 화가의 콧구멍을 후볐습니다. 한 삼십인 분량도 넘는 사향死香을 마셨다고 그랬더니 형님의 수양모인 이목구비가 꼭 여우같이 생긴 돌 초란 점쟁이가 그 정도의 양이면 열 사람은 깡그리 죽일 수 있는 치사량이 맞다고 했습니다. 그렇다면 엄청나게 강한 체질로 봐서 나는 당분간 죽음이 유예되어 동방삭과 맞먹는 천수를 누리는 꿈을 꿨다는데도 그걸 개꿈으로 평가절하한 이도 역시 점쟁이 돌 초란이가 아니고 괴승망승한 옆집 의사였습니다.

환각제를 진하게 발라 무딘 감성에 쑤셔박은 화가 박朴 선생님의 빌랑침은 내 골통까지 용케도 찔렀다고 감사하게 생각된 적이 몇 번 있었는데, 그게 다 진경산수화개인전 때였습니다.

글 쓰는 법을 가르쳐 주신 하ﾞ 선생님께는 아직 한 번도 그런 느낌을 받지 못했습니다.

붓을 놓지 말라 하시던 박 선생님은 뱁새눈에 키가 작았는데 서울서 교수였고, 퇴직하고 고향에 계신다는 소문만 들었습니다. 글 쓰는 법을 일러주시던 하 선생님은 신춘문예를 통해 서울서 잘나갔는데 늙거든 함께 살자 하신 약속을 깨고 딴 세상으로 가셨다는 가사를 보고 울먹했습니다.

예술가? 도화지에 황칠하고 원고지에 낙서라도 하면 토사곽란을 끝낸 그 뒤처럼 시원함을 느낍니다. 하지만 이 토사곽란은 하면 할수록 제 몸만 축날 뿐, 옆 사람이 총 맞고 쓰러져도 제 손의 가시를 먼저 파는 야박한 세상인데, 남의 고통은 먼지알갱이 만큼도 몰라줍니다. 그래도 이런 병을 고칠 생각은커녕 걱정 한 번 않고 측근들 속만 태우는 걸 소일로 여기는 무영무욕無榮無辱의 화가가 어디 한 사람뿐이겠습니까!

# 사람의 본질

어느 한쪽으로 정신이 쏠려 그 정도가 심할 때를 일러 무아지경無
我之境이라 한다. 이는 나를 의식하지 못할 정도로 어딘가에 집착했
음을 이르는 표현이다. 과학에서나 심령학에서 주로 나타나는 심리
현상의 일부로 이런 무아지경의 현상은 곧 제자리로 돌아온다는 전
제가 붙는다. 그 사람은 본질을 잃지 않았다는 것이다.

그런데 사람이 본질을 떠난다는 것은 무아지경과는 다르다. 본질
을 떠나면, 본질을 잃어버린다면 그 끝에는 멸망이 온다. 사람의 본
질은 아무래도 생명이지만, 생명을 보전하기 위한 환경과 이에 따른
필요조건들도 본질에 해당한다. 조건이란, 의식주의 기본 해결과 함
께 정신이 옳고 발라야 한다. 본질을 떠난다는 것은, 본질을 잃어버
린다는 것이다. 세상이 나로 말미암아 있고 내가 있고서야 우주가

존재한다. 그래서 사람이 자기본질을 지키는 것은 생명을 지키는 것
이니 어찌 중요하지 않으랴.

인도양의 모리티우스라는 섬에서 살던, 고기 맛이 좋은 도도새
는 먹을 것이 풍부하고 기후가 알맞은데다가 위협을 주는 천적이
없어 날 필요가 없었다. 앉아서 먹고 자고 새끼 낳는 평화로운 삶
은 날갯짓을 않고도 할 수 있었다. 개발이 시작되고 사람들이 들어
와 마구 잡아먹어도 날개를 쓰지 않던 이 새는 날개가 퇴화되어 날
지를 못했다. 뒤따라 들어온 원숭이에 잡혔고 알과 새끼는 역시 인
간들과 함께 들어온 고양이와 쥐의 먹이판이 되어도 그들의 날개
는 영영 못 쓰는 기구가 되어 한번 날아보지 못한 채 앉아서 멸종
되고 말았다.

새는 나는 것이 본질이요 생명유지의 동력이다. 위험에서 자신을
지키는 것이 날갯짓 말고는 다른 길이 없다. 날갯짓은 힘도 들고 에
너지도 소비하는 고달픔이다. 이 고달픔이 생명을 이어주는 절대절
요의 요건임을 도도새들은 몰랐다. 새가 난다는 것은 적을 피하는
길이요 먹이를 찾는 방법도 되고 멀리멀리 종족을 퍼뜨리는 길이기
도 하다. 나는 짐승은 적을 살피고 탐지하기 위해 귀를 늘 쫑긋 열어
둔다. 눈을 바로 뜨고 사방을 살핀다. 날아갈 곳과 비행고도와 속도
를 조절하는 두뇌의 움직임이 필요하다. 그래서 새에게서 날갯짓은
전신기능을 움직여 주는 유일한 체력단련방법이다. 도도새는 본질
보호가 바로 날갯짓이었는데 너무 편히 살다보니 날아야 하는 본질
을 잃고 말았다.

오늘의 사람들도 어쩌면 저 도도새처럼 날기를 포기한 동물이란

생각이 든다. 사람이라는 표현의 사람 인人자는 두 다리를 벌려 걷는 모습인데 사람들은 걷기를 포기하고 산다. 걷기를 포기한다는 것은 사람이기를 포기한 것인지도 모른다. 날기를 포기한 새처럼 말이다. 걷기를 포기하는 사람들은 언젠가는 도도새의 종말을 답습할 것이다. 아니 지금도 운동부족으로 오는 비만과 심장병 등 갖은 질환으로 도도새의 길을 묵묵히 걷고 있다. 사람들은 이미 날개를 잃었고 하늘을 잊었다. 푸른 하늘, 넓은 하늘이 있는지도 모른다. 날아갈 창공이 어느 쪽인지는 더 모르고 산다. 풍부한 먹이와 따스한 온실은 인간들을 움직이지 않는 병자로 만들었다. 너도 나도 그저 뒤뚱거릴 뿐이다. 인간이기를 포기한, 인간이란 새는 오늘도 쾌락에 빠져 짝과 먹이만을 찾고 있다. 거리에도 도도새가, 차 안에도 날기를 포기한 새들로 꽉 차 있을 뿐이다. 에스컬레이터를 분주히 들락거리며 날기를 포기한 인간짐승들만 먹이와 짝을 찾아 백화점과 호텔들이 붐비는 현실이다.

달리는 것보다 걷는 게 편하다. 걷거나 앉는 것보다 눕는 게 더 편하다. 그러나 사람이 누워 있다는 것은 종말의 신호다. 프랑스의 진화론자인 레마르크의 학설은 '생물은 환경에 적응하는 능력이 있어 쓰는 기관은 발달하고 안 쓰는 기능은 퇴화한다.'고 했다. 사람도 몸을 많이 움직이고 정신은 늘 비상하는 훈련을 게을리해서는 안 된다. 도도새의 교훈을 거울 삼아 걷고 움직여야 한다. 누워 있기보다 앉기를, 앉는 것보다 걷기를 해야 한다. 움직이는 일은 쉬운데도 사람들은 서거나 눕고 앉기를 좋아한다. 걸어야 할 인간의 본질을 잊으며 살아간다.

헤밍웨이의 말이다. "가장 쉬운 것이 어렵다."라고, "어려운 것일
수록 알고 보면 쉽다."라고.

3부
내 곁을 떠나는
사람들

# 걸림돌과 디딤돌

영천에서 청송으로 가는 경계지점에 노귀재[老鬼嶺]라는 아주 험한 고갯길이 있다. 지금은 터널을 만들어 차량들이 이 고갯길을 넘나들 필요가 없게 되었지만, 아득한 옛날에 만들어진 이 신작로는 한 동안 위험하기 짝이 없는 태령의 찻길이었다.

산중턱에 만들어진 좁은 자갈길을 달리던 차량이 잘못해서 산 아래쪽으로 넘어졌다. 까마득히 내려다보이는 계곡까지는 100m는 됨 직하다. 끝까지 굴러가면 차량은 박살이 나고도 남는다. 그런데 차가 길 아래로 떨어지자마자 바위에 걸렸고, 구사일생으로 차에 타고 있던 운전자는 무사했다. 차주는 그 바위가 자신의 생명을 구해주었다고 해서 이 돌에 작은 비석을 세우고 자주 찾아와서 은공을 기렸다고 한다. 돌을 양모로 모셨다고 한다. 일제시대에 있었던 옛날이야기인데, 지금도 이 노귀재 옛길의 한 중간지점 칡덩굴 속에는 세월의 때가 묻은 빛바랜 작은 대리석비가 그대로 남아있다.

이 돌에 걸려서 차도 사람도 모두가 무사했다. 흔히들 말하는 걸림돌이다. 걸림돌이라고 하면 지나가는 사람의 앞길을 방해하거나 기타 발전이나 전진을 가로막는 몹쓸 물체로 생각을 하기가 쉬운데 이런 경우는 전혀 그 반대인 것이다. 이 돌로 말미암아서 죽을 생명이 산 것이다. 얼마나 다행스런 걸림돌인가!

아는 사람이 공중목욕탕에서 넘어져 뇌진탕으로 불귀의 객이 되고 말았다. '너무 늦지 않게 다녀오세요.' 하며 인사하던 아내의 모습을 두 번 다시 못보고 만 것이다. 이 사람은 목욕탕 바닥에 뿌려진 비눗물 때문에 미끄러진 것이다. 작은 걸림돌이라도 있었으면 그 사람은 죽지 않았으리라는 아쉬운 생각도 든다.

박봉에 힘들게 살면서 이만큼 나라를 부흥시키는 데 헌신한 공무원들의 공로를 치하하거나 격려는 못 해줄망정 취임을 하자마자, 어느 대통령은 '나라발전에 공무원들이 걸림돌이다.'라는 거친 말을 했다가 대통령 인기투표를 하겠다는 등, 공무원노조의 반발에 소리 없이 무릎을 꾼 적이 있었다. 걸림돌의 표현을 아무데나 썼다가 낭패를 본 경우다.

토마스 카알라일의 말이다.

"강자에게 있어서는 걸림돌이 디딤돌이 되고 약자에게 있어서는 디딤돌이 걸림돌이 된다."

같은 돌이라도 이용하기에 따라서 결과가 달라진다. 물을 건너는 데 필요한 징검다리도 디딤돌이다. 사람들을 안전하게 건너게 해주는 디딤돌이다. 이 돌 때문에 물에 빠지지 않고 강을 건너고 이 디딤돌 때문에 버선발을 벗지 않고도 물을 건널 수 있게 해 주는 게 바로 고마운 디딤돌이다. 높은 곳에 얹어 둔 물건도 디딤돌이 있다면 편하게 내릴 수가 있다. 좀 힘이 들 만큼 먼 거리의 함정도 그 사이에 디딤돌 하나가 있다면 쉬이 건널 수도 있을 것이다.

이 율곡栗谷 선생이 네 살 때다. 어린 율곡의 영특함과 침착함에 놀란 스승이 율곡을 시험하려고 열어둔 대청마루 문 위에 물그릇을 얹어두고 문을 닫으라고 했다. 율곡은 손에 쥔 책대를 들어 문 위를 저어보고는 무슨 물체가 있다고 하면서 곡식을 담는 말과 그릇들을 가져다가 디딤돌을 만들어 물그릇을 내리면서 "스승님! 누가 문 위에 물그릇을 두었습니다."라고 하면서 침착함을 보였다는 이야기가 생각난다.

하루에도 수많은 생활상의 돌들이 우리 앞에 널려있다. 널려 있다고 하기보다 우리 앞에 굴러온다고 해도 틀린 말은 아니다. 이 많은 돌들과 부딪치면서 그 돌들을 어떻게 잘 이용하는가에 따라 우리들의 행복과 불행이 갈라진다. 디딤돌로 활용을 하든지 걸림돌로 쓰든지는 전혀 문제가 되지 않는다. 디딤돌 못지않게 값어치 있게 쓸 수도 있는 게 걸림돌일 수도 있다. 이 돌을 어떻게 이용을 해서 자신에게 유익한 돌로 만들지를 판단하는 지혜는 자신의 몫이다.

# 가슴에 담은 앵두

내 고향 유월은 파랗던 앵두가 빨갛게 익어가는 계절입니다.

이십 년도 넘게 자라 많은 열매를 수확하던 우리 밭둑의 앵두나무는 누군가가 분재용으로 탐이 났던지, 지난겨울에 땅을 파고 뿌리통만 잘라갔습니다.

해마다 앵두 즙을 담그던 생각이 나서 올해는 시장에 가서 잘 익은 앵두를 한 됫박 샀습니다. 그리고 곁에 있는 뽕나무 오디도 좀 샀습니다. 옛 문헌을 보면 뽕나무 열매로 담근 술을 상심주桑心酒라 해서 강장제로 쓴다고 했기에 처음으로 오디술도 담가 볼 생각입니다.

젊고 싱싱한 아름다운 여인의 입술을 가리켜서 '앵두 같은 입술'이라고 했습니다. 왜 사람들이 탐스럽고 고운 여인의 입술을 향해 '앵두 같은 입술'이라 했는지 어렵게 생각하지 아니해도 새빨간 앵두를 보기만 하면 누구나 저절로 고개가 끄덕여지게 될 것입니다.

소만小滿이 지나고 망종忙種이 하지夏至라는 절기와 교차하는 계절이 되면 내 고향의 산비탈에서는 앵두와 함께 줄딸기도 빨갛게 줄줄이 익어갑니다. 이 딸기를 한 움큼 따서 입안에 넣으면 새콤하고 달콤한 맛의 조화는 오늘날 어느 백화점의 그 어떤 주스나 과일로도 감히 흉내조차 낼 수 없는, 팔진미八珍味에 곁들인 오후청五侯淸을 능가하는 맛입니다.

앵두가 익으면 오디도 따라 익을 때이고 덤불딸기도 연달아 한창 익을 시기입니다. '오디'라고 하면 뽕나무에 달리는 까만 열매를 말합니다. 요즘에서야 몸보신에 좋은 과일이라고 해서 도시 사람들 극성에 남아나지도 않습니다만, 우리가 자랄 옛적엔 목돈을 만지기가 어려웠던 시절이고, 경제적으로도 힘들던 시대였고 보니 그래도 한 달 동안 뽕잎으로 누에치기를 하면 당시로서는 그나마 급한 것 한숨 돌릴 수 있는, 제법 목돈을 만질 수 있었습니다. 양잠도 이젠 다 옛날이야기가 되고 말았습니다. 우리들의 학비가 되고 교통비가 되고 신발이며 옷가지와 일용품을 샀던 귀한 재원이었던 뽕나무가 이젠 괄시를 받다 못해 폐기되고 있습니다.


"머리 길고 키 큰 처녀 울뽕나무에 걸앉았네, 울뽕 줄 뽕 내 따줌세, 살림살이 나캉 하자!" 장가 못간 노총각의 애환을 담아 모내기 노래 가사로도 등장하는 이 뽕나무는 언제부터인가 천덕꾸러기가 되어 잘려지고 뽑혀 지금은 버려진 폐농의 전답이나 산비탈 밭둑에서 자라고 있는 노상老桑에서나 딸 수밖에 없는 게 자연생 오디랍니다.

줄줄이 열어 대는 덤불딸기밭으로 소문이 나 있던 산비탈은 서울의 어떤 회사에 팔려 허리통이 잘려나가 공장부지로 쓰이게 되고, 앵두며 자두며 산수유가 넓은 밭둑을 꽉 메운 뽕밭은 또 어느 도시의 무슨 사장에게 팔려서 호화분묘지가 됐고, 놀이터로 일 년 내내 어린이들의 모임 장소였던 마을 앞의 연못은 잡석으로 매립을 해서 주유소가 들어서고 말았습니다.

이제 사라져 가는 것은 추억 담긴 산야나 환경만이 아닙니다. 논과 밭, 앵두나무, 뽕나무, 호두나무만도 아닙니다. 어린 시절 우리들의 가슴에 화려한 꿈을 그리던 수채화의 물감이 없어지고 말았습니다. 오디를 따 먹다 보면 온통 입이며 손이며 옷에까지 검붉게 황칠을 해대던 뽕나무 열매, 그 오디가 없어지고 만다는 것은 참으로 서글픈 일입니다. 가진 것이 없어도 영혼을 풍요롭게 해 주던, 옛 추억이 자라던 흔적들이 하나하나 없어져 가는 것이 내 가슴을 아리게 합니다.

"앵두나무 우물가에 동네 처녀 바람났네……." 한때 유행했던 대중가요의 가사 구절입니다. 유행가 속에서는 동네 처녀가 왜 바람이 났는지 모를 일입니다만, 앵두나무가 심겨져 있던 동네 우물은 상수도에 밀려 없어진 지가 한참이나 되었습니다. 이제 어딜 가나 시골 동네에는 바람이 나고 안 나고는 다음으로 치고 눈을 닦고 봐도 처녀는 한 사람도 살고 있지 않습니다.

흘러버린 과거, 아득한 옛날의 추억, 어릴 적의 소꿉놀이 친구들, 고향이 있었기에 추억이 있고 그리움이 있기에 눈을 감으면 내 영혼이 안식할 수 있는 정든 산천과 그 환경들, 어릴 때의 온갖 추억이 자리하는 그 언덕이 모조리 없어지고 말았습니다.

이제 유월을 맞으면서 내 생애에 몇 번이나 더 앵두즙을 담글지 모르지만 앵두가 익어 가는 계절이기에, 추억만 먹고 있기가 서글퍼서, 또 나이가 들어간다는 것도 적잖이 서러워서, 해마다 이맘때면 무슨 의식을 치르듯이 유리병에 차곡차곡 앵두를 채웁니다.

속절없는 세월! 때가 되면 사람도 가고 마는데, 다 부질없는 짓이겠지만, 새빨간 앵두 속에 비쳐지는 고향이 하도 그리워서, 오뉴월이면 산바람이 녹음을 안고 이글거리던 산아래 동리의 달콤한 그리움의 향좁을 섞어 내 가슴 병瓶에도 차곡차곡 앵두를 채웁니다.

# 가고 싶은 장소

　청소년들에게 있어서 50여 년 전의 다방출입은 엄격히 제한적이었다. 그래서 어린 몇몇 친구들은 숨어가면서 문학을 한답시고 모이던 '시골'이라는 다방은 '에포로문학동인회'라는 우리 회원들의 아지트였고, 젊음과 인생을 함께 논하던 장소이기도 했다.

　두꺼운 모조지에 굵은 펜으로 자작시나 기타 자신의 글을 쓰고는 테두리에 색깔 있는 선을 두어 줄 긋는다. 그리고 어느 한 귀퉁이 또는 두 모서리에 만화도 아니고 그림도 아닌 어정쩡한 삽화를 그려 넣은 작품을 다방 벽에 전시를 하고 낭송도 했다. 이름 하여 당시에 많이 유행했던 '시화전詩畵展'이거나 또는 '시낭송회詩朗誦會'란 것이다.

　적어도 이 다방에서만 다섯 번의 시화전을 끝으로 우리 문학 지망생들은 직장을 따라서 어디론가 뿔뿔이 헤어졌는데, 지금까지 한 번

도 만나지 못한 사람들이 거반이다. 대구 역전에 있던 이 '시골다방'
은 오래전에 문을 닫고 말았지만, 나는 그 주위를 지날 때마다 그
다방과 함께 문학 동인회원들의 얼굴을 떠올리면서 추억에 잠길 때
가 참 많다.

만나고 싶은 사람을 볼 수 있는 곳, 내가 뱉는 이야기에 공감을
하면서 박수를 치거나 귀를 기울일 사람이 있는 그런 곳을 누구나
그리워한다.

사람과 사람이 어울리는 장소는 특별한 의미를 지닌 곳으로 봐야
한다. 물감의 잔해가 묻은 손으로 술잔을 기울이는 묵객들의 모임
에는 늘 그들만의 독특한 대화와 너털웃음이 있었고, 시가 어떻고
부賦가 어떻고를 논하는 시인들이 가는 주점에는 민족의 자존과 겨
레의 한풀이나, 아니면 생의 애환을 잔에 담아 마셔대는 문인들이
모였다.

그런데 독특한 취향을 가진 사람들이 모이는 장소는 그 나름대로
의 아주 특별한 흡인력과 정취가 있다. 그 사람들이 모이는 장소가
매혹적인 것은 남다른 실내구조와 이상한 장식 같은 환경 때문이 아
니고, 거기에 드나드는 사람들의 취향과 언행을 위시한 삶의 형태가
독특했기 때문이리라.

해방 전후로 문인들을 비롯한 각계각층의 선각들이 끼리끼리 모
여서 울분을 터트리며 시국을 논하던 다방이나 식당이나 이름 난 장
소가 없어짐도 한스럽다. 뜬눈으로 밤을 새운 지성들의 흉내를 내면
서 해장국집을 거쳐 졸린 눈을 비비며 사보이호텔로 목욕 가던 그런
정취도 괜찮은 추억거리 중의 하나다.

이 나라 문인들의 정신적 고향이나 진배없는 공관들이나 다방들도 생각난다. 전원르네상스를 위시한 고전음악감상실 등에는 특별한 사람들이 모여 특별한 인생을 논했다는 것은 다 아는 이야기다.

〈소나기〉의 작가 황순원 님이 들락거리던 다방은 지금도 그를 기리는 제자들과 후배들이 모여 문학을 논하는 장소이고, 시인 공초空超 오상순 님이 머물던 찻집에는 그를 아끼는 후배들과 시문학 지망생들의 발걸음이 끊이지 않았는데 지금도 수십 년 전에 갈겨쓴 희미한 벽의 낙서를 읽으면서 지난날을 회고하는 문인들이 찾는다고 들었다.

예외일 수 없는 서양이야기는 이렇다. 단편을 많이 쓴 작가 오 헨리는 뉴욕의 피츠타번에서 동료들과 자주 어울리다가 대작을 구상했고, 문호 셰익스피어는 작품을 구상할 때 좁은 공간인 '인어'라는 곳으로 친구를 불렀다고 한다. 오클랜드의 볼품없는 어느 호프집에서 명작을 생각해 낸 잭 런던의 이야기도 있다. 괴테는 대작 〈파우스트〉를 비롯한 유수의 명작들은 라이프치히에 있는 단골카페 베스트 불로리안에서 구상했다고 하는데, 괴테뿐만 아니라 연시의 황제인 바이론과 프로스트도 예술가의 꿈을 꾸면서 동료들과 죽치던 곳이 여기란 것을 아는 사람은 적다. 〈진주목걸이〉의 저자 모파상과 오스카 와일드 등은 파리의 한적한 골목에 있는 드라페라는 작은 카페에서 벗들과 십 년도 넘게 술잔을 기울인 탓에 지금도 그 명성 덕에 그 카페는 장사도 성황이란다.

이들은 모두가 보고 싶은 얼굴들이 자주 한곳에 모여 재능과 기예를 토론하고 닦았기에 불후의 명작을 만들었고, 그들의 날선 지성과

불멸의 철학을 일구어 낸 곳이기에 요즈음도 많은 사람들이 찾는다
고 한다.

자발적인 행보로 한자리에 모여 열린 마음으로 토론하고 사색의
열매를 공유하던 그런 곳이 우리에겐 그립다. 한 번도 가보지 못한
사람이면 누구나 인간의 그윽한 지성에 대한 향수를 느끼게 해 주는
장소, 누구에게나 정신적인 고향으로 느껴지는 그런 곳이 있었으면
한다. 자기의 취미나 직업과 상관없이 아무라도 꼭 한번쯤은 가보고
싶은 그런 장소 말이다.

# 감자무지

바쁜 농사일이 끝나고 난 여름철 오후에는 온 동네 소들을 산에 함께 풀어 놓는다. 한나절의 합동방목은 이산 저산으로 옮기면서 여름 내내 이어진다. 소를 몰고 나오는 사람 중에는 어른들은 없고 대부분 아이들이다. 점심을 먹고 끼리끼리 사발통문으로 연락된 곳을 향해 소를 몰고 정한 장소에 모여든다.

감자무지가 있다는 연락을 받은 날은 각자가 먹을 수 있는 양만큼의 생감자 7~10개 정도씩을 가지고 나온다. 풀을 뜯어 먹도록 산에 소를 올려놓고 나무 그늘에 모여서 구수한 잡담과 함께 장난도 치면서 웃고 즐겁게 한참을 시부렁대다가, 산 그림자가 생기면 감자무지가 시작된다.

감자는 너무 작으면 맛이 없을 정도로 물컹해지고 너무 크면 잘

익지를 않기 때문에 중간크기를 가져온다. 우선 제각기 가져온 감자에 표시를 한다. 표시의 방법은 낫으로 감자의 궁둥이를 살짝 자르는 사람, 감자의 머리를 자르는 사람도 있다. 감자의 허리에 가로로 선을 긋기도 하는데 사람이 많을 때는 선을 두 개 또는 세 개나 그 이상을 긋기도 하고 중복이 되지 않게 각각 다른 표시를 하는데 비행기표나 십자도 그린다. 낫으로 잘린 머리와 궁둥이에 다시 한일(一)자며 두이(二)자 등을 만들기도 하고 감자 몸에 꼬챙이로 구멍을 내어 표를 하는 사람도 있다. 그날 리더의 감자는 아무 표시도 하지 않는 게 통례다.

감자표시가 끝이 나면 미리 정한 분담대로 감자무지용 재료를 구해 오는데 재료는 나무 조각 등 땔감과 자갈돌과 싱싱한 풀과 보드라운 흙이다. 재료가 다 모여지면 감자무지 작업을 시작하는데 우선 땅을 약간 파고 불살기와 마른 나무를 맨 밑에 깔고 그 위에 까등걸을 동그랗게 쌓아 올린다. 둥그런 나무더미를 따라 밖은 물론 천장에도 자갈돌을 쌓는데 적어도 2~3백 개의 잔돌이 필요하다. 돌 안에 있는 나무가 다 타도 돌집은 무너지지 않도록 쌓는 기술은 아무나 할 수 있는 게 아니다.

돌을 쌓으면서 바람이 불어오는 방향에 부엌을 만들고 반대편에는 굴뚝을 낸다. 나무 쌓기와 돌쌓기가 완성이 되면 부엌 아궁이에 불을 지핀다. 바람을 따라 불이 타오르면서 밖에 쌓은 돌을 달구는데 이때 바람이 순조롭지 못하고 사방으로 불어대면 한 사람이 부엌 앞에 다리를 쩍 벌리고 서서 벗어 든 저고리로 부채질을 할 때도 있다.

나무가 다 타도 쌓은 돌은 무너지지 않고 속이 텅 빈 검은 석굴이

되어 그대로 서 있는데, 뜨겁게 단 돌을 무너뜨리고 나무나 호미로
돌을 바깥쪽으로 끌어낸다. 감자를 가운데 넣고 달군 돌을 감자 위
에 얹고 다시 금방 꺾어 온 생싸리나무나 생풀을 얹는다. 이 풀을
일러서 '고베이'라고 했다. 준비해 둔 흙을 이 고베이가 보이지 않을
만큼 넉넉하게 덮는데 이 모든 작업은 뜨거운 돌이 식기 전에 순식
간에 해치워야 하므로 모두가 땀을 뻘뻘 흘리면서 열심히 한다. 그
다음에는 김이 새어 나오지 못하도록 몇 명이 쪼그린 채로 둘러앉아
손바닥으로 흙을 탁탁 두들기면 모든 작업은 끝이다.

한 시간쯤 있다가 경험이 많은 리더가 한쪽을 뚫고 흙속에서 고베
이를 한두 개 빼내본다. 이때 빼낸 고베이에 푸른빛이 남아 있으면
아직 감자가 덜 익었다고 보고 다시 흙을 덮고 기다려야 하지만, 빼
낸 풀이 누렇게 변색이 되었으면 감자가 잘 익었다는 신호로 보아서
흙을 파고 감자를 끄집어낸다.

구수한 감자냄새를 맡으면서 먹고 싶은 충동에 침을 삼키지만 모
두가 먹지를 않고 분배가 끝나기를 기다린다. 감자의 분배는 리더가
감자를 하나씩 들고 표식을 읽으면 자기 것이라고 신호를 하는 사람
에게 던져주는 것으로 그날의 감자무지는 일단 끝이 난다. 감자를
나누어 준 리더가 분배를 마치고 이상이 없다는 확인을 하고 난 후
에야 먹는데 이것을 일러서 감자무지라고 했다.

어쩌다가 감자를 못 가져온 사람이 있으면 일도 같이하고 감자도
한 개씩 나누는데 십시일반十匙一飯이란 말처럼 얻은 감자가 가져온
사람의 감자보다 더 많을 때도 있다. 또 감자무지를 하는 가까운 곳
에서 산일을 하는 사람이 있거나 근접한 위치의 논밭에서 일하는 어

른이 보이면 양이 좀 많은 사람의 것을 거두어서 두서너 개를 갖다 드렸던 기억도 난다.

감자무지를 두고 배고픈 시절에 있었던 철부지들의 군것질의 한 방법이라고만 치부를 해 버릴지는 몰라도 생각을 해 보면 이 감자무지만큼 다시는 재연이 힘들 것이 확실한 재미있는 추억거리도 흔하지 않다.

# 고향하늘

　다시는 볼 수 없이 영영 우리 곁에서 없어지고 만 것들에 대한 아쉬움을 두고 매우 안타까워할 때가 종종 있다. 이렇게 애가 탈 정도로 그리운 옛것들을 추억하면서 나는 가끔 그때의 그날로 돌아가서 깊은 생각이나 잔잔한 상념으로 행복을 느낄 때가 참 많다.

　고향의 들길을 거닐기도 하고, 가재 잡던 산골 도랑을 또래들과 어울려서 물장난을 하면서 쫓아 다니는 꿈을 꾸기도 한다. 봄이면 흰 구름이 걸려 있는 산허리에서 둥치 큰 나무 위로 기어 올라가서 까치집 부수고 그 알 꺼내다가 대파와 함께 구워 먹기도 했다. 줄딸기와 뽕나무 오디 따서 먹느라고 시뻘겋게 황칠을 한 입으로 버들피리 만들어 불면서 보리밭 길을 걸었었다. 친구들과 떼를 지어 군인들 흉내를 내면서 구령에 맞춰 신나게 걷던 그 시절을 떠올리기도 한다.

오후만 되면 산에 소를 풀어 놓고 친구들과 어울려서 감자무지를 하고 그 감자가 익기를 기다리는 시간에 옹당못가에 모여서, 그것도 알몸에 찰흙칠을 하고 모래 위나 잔디밭에서 씨름도 하고, 물구나무 서기를 하면서 놀던 그 시절의 여름을 정말로 그리워하기도 한다.

어디 그뿐이랴! 늘 배고프던 그 시절에는 엿장수 가위 소리가 마을의 골목을 요란하게 울릴 때면 온갖 고물들을 들고 아이들이 몰리는데 아무것도 가져갈 것이 없어 아버지가 벗어 둔 멀쩡한 고무신을 들고 엿장수에게로 간 적이 있다. 고무신을 받아 든 건너편 마을에 사는 엿장수 아저씨는 나에게 엿을 좀 주고는 그 고무신을 도로 우리 어머니께 갖다드렸다. 지금 생각을 하면 참 양심이 고운 엿장수 아저씨란 생각이 든다. 그날 저녁에 어머니가 든 부지깽이로 실컷 두들겨 맞은 그런 추억은 아무에게나 있는 게 아니다.

가을이면 알밤 줍고 콩서리 하며 감나무 끝가지에 달린 찰연시를 팔매질해 돌로 떨어뜨리기 내기를 해서 따 먹고, 논 골부리 주워서 꼬치로 만들어 장작불에 구워 먹던 그 시절의 가을 낭만은 언제 떠올려도 그립고 또 흐뭇한 감정에 몸과 영혼이 함께 푹 빠져든다.

홍글레 잡고, 방아깨비 잡아다가 방아 많이 찧기로 내기하는 그때의 그 멋과 스릴은 또 어떻고! 오늘날 유흥장에 가서 살다시피 하면서 지내는 사람들 못지않은 톡톡한 흥분과 재미와 짜릿한 맛은 겪어 본 추억이 없는 사람들은 모른다.

알몸으로 생살이 나올 것 같은 허름한 겉옷 하나만을 걸친 채로 떨어진 헌 고무신을 양말도 없는 맨발로 질질 끌면서 추위도 모르고 마을 앞개울에 모여 얼음지치기를 하며 썰매를 타고 놀던 그때의 겨울은 눈을 감지 않아도 내 눈에 선하다.

얼음이 깨지면서 물에 빠진 아이들이 젖은 옷을 활활 타오르는 모닥불에 들어 말리다 말고 옷에 달라붙은 불을 끈다고 설쳐 대는 친구들을 보면서 출처도 내용도 잘 모르는 말, 위의 형들이 하는 대로 따라서 배운, '문디이 웃불에 살찐다! 문디이 웃불에 살찐다!'고 합창을 하면서 치솟는 불길에 손을 펼치고 박수를 치며 깔깔대던 그 광경이 너무 그립고 그때의 그 친구들이 다시 한 번 보고 싶다.

추운 겨울 저녁이면 초가지붕 끝에 나무 사다리나 아니면 어른들이 짐을 나르는 지게를 세우고 올라서서 잠자는 참새를 잡아 구워 먹던 사연들은 생각할수록 그리운 추억들 중에서도 가장 아름다운 사연들이다.

방바닥이 타도록 뜨겁게 달군 군불 방에 모여앉아 친구들과 재잘대던 희희낙담喜喜樂談은 언제 떠올려도 또 다시 떠올리고 싶은 구수하고 달콤하고 아련한 향수들이니, 꿈엔들 어찌 그때의 그 벗들과 그 사연을 잊으리오. 지금도 내 어린 시절의 그리운 추억을 떠올리면서 옛날의 감회에 사로잡힌다.

"푸른 산 저 너머로 멀리 보이는 새파란 고향 하늘 그리운 하늘, 언제나 고향집이 그리울 때면, 저 산 너머 하늘만 바라봅니다."

"넓은 벌 동쪽 끝으로 옛이야기 지즐대는 실개천이 휘돌아 나가고, 얼룩배기 황소가 해설피 금빛 게으른 울음을 우는 곳, 그곳이 차마 꿈엔들 잊힐리야."

# 굴뚝을 추억한다

나 어릴 적에 굴뚝은 집집마다 사내들의 잠지처럼 서 있었다.
좀 산다는 집은 계집 몇은 후렸을 빳빳한 힘을 주고 서 있었고
끼니도 못 때우는 집은 늘 연기발이 힘없이 푸석푸석 피어올랐다

이 〈굴뚝〉이라는 시는 임영석 님을 존경스런 분으로 내 기억에 남게 했다. 나무를 땔감으로 하는 온돌을 사용했을 때 아궁이 안에서 땔감이 잘 타야 하고 그 온기가 구들장을 데우기 위해서는 통풍장치가 필요하다. 우리나라의 구들을 일러서 세계 최대의 '축열방식 구들'이라고 한다. 주로 방 뒤편에 세워진 구들통풍장치를 일러서 굴뚝이라고 했다.

굴뚝의 모양은 둥글거나 사각 또는 삼각형의 모난 것들이 있었으

며 재료는 흙과 돌을 섞어 쌓은 담도 있었고 나무나 또는 토기종류로 지붕보다 높게 만들어 세워졌다. 근대에 와서 산업용 굴뚝을 아주 높게 만드는 것은 온돌방식의 굴뚝인 연동이란 개념에서 벗어난 공장의 한 부분이다. 뿐만 아니라 보물로 지정된 경복궁 '자경전십장생굴뚝' 같은 것, 역시 굴뚝은 굴뚝이지만 담장 옆에 외로이 앉아 십장생의 화려한 무늬를 문신하고 있는 모습은 서민적인 방구들의 굴뚝과는 거리가 멀다고 봐야 한다.

불을 때면 온기는 구들장을 데우고 연기는 이 굴뚝을 빠져나간다. 이때 굴뚝으로 빠져나가는 연기의 모양도 땔감에 따라서 또는 굴뚝의 역할에 따라서 가지각색이었다. 불이 아궁이에서 잘 타면 흰 연기가 깨끗하게 올라오지만, 반대로 연소가 여의치 못하면 시커먼 연기가 굴뚝에서 맴돌면서 빠져나오느라고 그을음을 내품는다.

아침연기도 볼만 하지만, 특히나 저녁나절이 되면 밥 짓고 국 끓는 연기가 허공을 향해 그것도 바람 따라 이리저리 흩어지는 모형들이 햇볕에 비껴서 오색구름을 만들기도 하는데 생각하면 그것이 참 낭만적이고 서민적이며 소탈한 느낌의 풍경들이었다.

김소월은 이 저녁연기를 보면서 "마을의 연기는 들에 퍼지고 산 그림자 석양을 알리는데 못 가시오 우리 님…"이라는 시를 읊기도 했다.

방랑시인 김삿갓(병연)은 전라도 화순지방 동곡 어느 길가에서 지는 해와 마을 연기와 자신의 임종을 연관 지어서 글을 남기지 않았던가.

또 9대를 연속 만석꾼의 부호로 알려진 경주의 최 부자는 뒷산에 올라 밥을 지을 때가 되었는데 굴뚝에 연기가 피어오르지 않는 집에 쌀을 보냈다는 일화도 있다.

건국 초기에 자유당과 이승만 정권에 맞선 세력을 제거하려고 조작한 간첩용 문서를 당시의 야당 지도자인 조봉암의 집 굴뚝에 감추고 정적을 없앤 사례도 있다. 그래서 이 일을 빗대서 억울한 재판, 남에게 누명을 뒤집어씌우는 재판을 가리켜서 '굴뚝재판'이라고 한 적도 있다.

서양의 굴뚝은 정방형의 큰 것이기에 산타클로스가 성탄절에 선물을 지고 드나들었는지는 모르지만, 자주 막히는 바람에 굴뚝을 뚫어주는 직업도 있었단다. 이 동리 저 동리를 다니면서 '굴뚝 뚫으시오!'를 외치고 다닌 떠돌이 직업이 있었음 직하다.

몇 년 전에는 밀라노에서 '국제굴뚝청소부대회'란 이색적인 행사가 있다는 보도를 들었다.

또 오스트리아에서는 아침에 굴뚝청소부를 보면 그날에 재수가 있다는 말도 있으니, 우리가 새벽에 상여를 보면 재수가 좋다는 속설과 닮았다고나 해야 할까?

임영석은 시골에 자라면서 많이 보아온 굴뚝을 두고 감흥을 불러일으키는 쾌조의 시감을 느끼면서 불을 지피는 부엌과 통풍장치인 굴뚝에 대해서 일갈했다.

> 그 연기들이 구들장을 핥아내며 남긴 따뜻한 사랑같이, 굴뚝은
> 모든 생生을 다 빼앗기고 새 생을 담아내는 소통의 길이었다
> 가끔 그 길이 막혀 그 길을 뚫어야 할 때 이 세상의 삶은 그 길에서도

온몸이 식기 전에 이 세상 왔다간다는 말을 새겼다
나, 어릴 적 굴뚝은 그 자체가 사내들 잠지 같은 몸이었다
여자들이 아궁이에 불 지피면 굴뚝은 금세 뜨거워졌다

 인간의 모든 죄는 뚫린 구멍에서 시작된다

# 내 곁을 떠나는 사람들

나이가 든다는 것은 나를 필요로 하는 사람이 줄어든다는 것입니다. 또 나를 불러주는 사람이 적어진다는 것이고, 갈 곳이 적어진다는 것입니다. 젊었을 적에는 밤에 불러내는 사람도 많았고, 새벽에도 찾아오는 이들도 있었습니다. 공휴일이나 명절에 상관없이 오는 이도 있었고 부르는 이도, 갈 곳도 많았습니다. 시간이 없다는데도, 싫다는데도, 막무가내로 데려가는 사람이 있었고, 가야 될 곳과 가야 할 이유가 뚜렷하게 존재했습니다.

그런데 언제부터인가 찾는 사람이 줄어들었고, 가야만 할 자리인데도 나를 빠뜨리는 경우가 왕왕 생겨났습니다. 갈 이유도 줄고, 가야할 명분이 장소마다, 사건마다 약해지고 있었습니다.

세월이 흐르고 나면 어떤 기계나 도구도 그 성능을 제대로 발휘할 수가 없고 보면 자연히 소홀한 취급을 받게 되는 것으로 이해를 하지만, 사람이므로 더러는 서운한 생각도 듭니다. 나보다 더 유능하고 훌륭한 사람이 내 자리를 대신해야 된다는 생각도 합니다. 더 발전적인 기계는 낡은 기계의 자리를 밀치고 들어와야 번영이 온다고 믿기도 합니다.

헤어지는 순간부터 그리워지는 사람이 있습니다. 어릴 적에는 소꿉친구가 그랬습니다. 자라면서는 부모가 그렇습니다. 어른이 되어서는 금방 헤어져도 다시 보고 싶은 사람이 생깁니다. 떠나 있으면 가장 보고 싶은 얼굴이 자식이고 배우자를 위시한 가족입니다. 늙어서는 손자들의 얼굴이 또한 그렇습니다. 그러다가 다시 어린 시절로 돌아가는지 늘그막에는 새삼 친구들과 아는 사람의 모습을 떠올리게 되고 보고 싶어집니다.

나이가 든다는 것은 보고 싶은 사람이 내 곁에서 하나둘씩 줄어들고 있다는 것입니다. 금지옥엽으로 기른 자식들은 어디론가 뿔뿔이 내 곁에서 떠나 살게 됩니다. 갑자기 소식이 끊긴 친구는 어디메서 사는지 궁금하기도 하고, 만나자던 벗은 며칠 사이에 그만 다시 못 올 먼 곳으로 갔다는 비보도 들려오곤 합니다. 나이가 들면서 나를 좋아하던 사람이 내 곁에서 한 명씩 없어지고 있고 미워하던 사람도 역시 내 곁에서 하나씩 흔적을 감추고 있습니다.

보지 않으면 무척 보고 싶었던 사람들도, 보지 않고 음성만으로도 만난 듯이 믿음과 정이 교감되던 사람들도 하나씩 내 곁에서 줄어들고 있습니다. 만나기만 하면 불안하던 내 맘을 위로하고 달래주던 사람들도, 답답한 가슴속을 털어 놓고 진심을 이야기할 수 있었던,

내게는 정말 소중했던 사람들이 하나 둘 내 곁에서 없어지고 있음이 곧 나이가 든다는 것입니다.

　나도 오늘은 누군가들에게 없어선 안 될 소중한 사람으로 살고는 있다고 믿지만, 언젠가는 그 사람들의 곁을 훌쩍 떠나게 된다는 생각을 하면 씁쓸하기도 합니다. 사람이 산다는 것은 나이가 든다는 것이고, 나이가 든다는 것은 곧 내 곁에서 하나 둘 소중했던 사람들이 줄어든다는 것입니다. 작년보다 금년이, 어제보다 오늘이, 찾아오는 이도, 가야 할 곳도, 보고 싶은 사람도 줄어들고 있습니다.

# 연탄재 함부로 차지 마라

시끄러운 기차 소음을 피해 새로 산 집은 샛강을 옆으로 끼고 있어 사십 년 전, 그 당시로서는 도심에서 좀 떨어진 공항 근처였다. 새로 이사 온 집은 팔아버린 한옥보다 한 발 진보한 반 양옥이었고, 건축기술도 발전을 했다고 믿어 살기가 괜찮겠지 하고 바꾼 집인데 막상 살아보니 그렇지도 않았다.

비포장도로에 모기도 많고 시장이 없어 생활이 불편한 점들은 둘째로 치고라도 기차 소리보다 비행장의 군용전투기 소음이 엄청나게 더 컸다. 전화를 하다가 비행기 소리가 커지면 상대방에게 기다리자는 양해를 구해야 했다. 대화를 하다가 굉음이 절정에 이르면 좌중이 갑자기 벙어리가 되는 동리기도 하고, 목소리가 큰 사람들끼리 싸움질을 하다가도 비행기 소리가 심할 때는 누가 말리지 않아도 저절로 고함을 멈춘다. 비행기 소리 때문에 들을 귀가 없으니까.

이런 비행기 소음을 실감하고는, 나를 보면서 '집을 사려면 아무개에게 부탁을 하라.'는 농담을 하는 친구도 숱하게 있었다. 부동산 중개업자의 농간에 속아 환경을 잘 확인하지 않은 내 잘못에 가족들의 불평과 항의는 이만저만이 아니었다. 여우를 피하려다 호랑이를 만난 격이라고나 할까!

"풍파에 놀란 사공 배 팔아 말을 사니, 구절양장九絶羊腸이 물보다 어려워라, 두어라 이 후엔 배[船]도 말[馬]도 말고 밭 갈기나 하리라." 선조 때에 병조판서, 《낙서집洛書集》의 저자 장만張晩의 말처럼 '배도 말도 말고 밭 갈기'란 그리 쉽지가 않았다.

포장된 도로변에서 안쪽으로 들어와 맨 끝에 자리한 우리 집 옆에는 주택의 배열과는 반대로 10m의 넓은 비포장도로가 가로놓여 있었다. 새벽마다 청소차가 우리 집 모퉁이에 와서 쓰레기를 싣고 가기 때문에 셋방살이까지 합치면 백 집도 넘는 가정의 쓰레기들이 담 밑에 집결을 한다. 새벽에 딸랑딸랑 종을 흔들어 청소차가 왔다는 신호를 보내면 주민들이 쓰레기를 들고 나와야 하는데, 대부분의 사람들이 초저녁에 시멘트 포대나 기타 버리는 용기에 담아서 내다 놓는다. 비가 와서 젖거나 포대가 찢어지면 수거하는 사람들이 연탄재는 땅에 밟아버리고 고철이나 종이류만 주워 가기 때문에 우리 집 주변은 온통 낙오된 연탄재로 몸살을 앓았다.

그래서 먼저 나온 쓰레기 뭉치를 길 건너편으로 옮겨다 놓고 '쓰레기집합소' 위치를 바꾸려고도 해 보았으나 청소차가 지나는 역 방향인지라 그것도 소용이 없었다. 언젠가는 동장을 찾아가서 사정을 하기도 했고, 반상회에 나가서 호소를 해 본 적도 있다.

짓궂은 아이들이 모여 다니면서 일부러 연탄재를 발로 차는가 하면 술 취한 아저씨들도 길에 버려진 쓰레기를 우리 집을 향해 걷어차면서 '나쁜 자식'이라며 길바닥에 내다 버린 연탄재의 주인이 우린 줄 알고 힐끔거리기도 했다. 이래저래 힘들고 억울하기 짝이 없는 나는 온갖 궁리를 하다가 묘안을 하나 떠올렸다. 주위에 집을 지으면서 버려진 헌 목재들을 가져 와서 안내판 두 개를 만들었다.

4×6합판의 6분의1 가까이나 되는 제법 큰 안내판에 가로로 굵직하게 검은 페인트로 "경고"라는 글씨는 더 크게 쓰고 그 아래는, "여기 연탄재 버리는 사람 가만두지 않겠다."라는 협박조가 다분히 느껴지는 글을 써서 우리 집 대문 옆 양쪽에 땅을 파고 다리발을 단단히 묻고 꽁꽁 밟아 세워 두었다. 안내판을 세우고 사흘이 지났다. 그러나 버려지는 연탄재는 그칠 줄을 몰랐고 오히려 더 많이 쌓여만 갔다. 날이 궂으면 흙탕물로, 맑으면 흙가루가 날아와서 우리 집은 먼지투성이가 되었다.

연탄재 금지에 대한 안내판을 세운 지 닷새 만이다. 아침에 일어나 보니 안내판 한 개는 누가 뽑아서 발로 밟아 박살이 나 있었고, 나머지 한 개의 안내판엔 내가 봐도 나보다 훨씬 더 잘 쓴 글씨로, 지금까지 잊지도 않고 외우고 있을 정도로, 시詩 못지않게 미소와 감흥이 도는 글을 써 놓았다.

다시 말하면 내가 써 놓은, "여기 연탄재 버리는 사람 가만두지 않겠다."라는 검은 글씨 바로 밑에,

"자! 여기 연탄재 버렸다, 가만 두지 않음 어쩔래?"

긴 세월이 흐른 지금도 나는 그때의 일을 떠올리며 가끔 혼자서 웃을 때가 있다. 그리고 안도현의 글 〈너에게 묻는다〉를 입으로 중얼거려 본다.

연탄재 함부로 차지 마라
너는
누구에게 한 번이라도 뜨거운 사람이었느냐

# 쥐꼬리 부정 숙제

집은 넓은데 가족이 적은 관계로 이웃에 사는 달수에게는 독방이 하나 주어졌다. 그때는 모든 집들이 목조로 된 좁은 공간인데다가, 대가족이 함께 사는 터라 학생이, 그것도 초등학생이 제 방을 갖기란 좀처럼 드문 일이었다. 그래서 우리는 틈만 있으면 달수 방으로 가서 그의 어머니가 '그만 놀고 가라.'며 고함을 지를 때까지 놀았다.

1950년 6월 25일에 시작된 한국동란이 끝이 나자 폐허가 된 강토에 가장 많아진 게 바로 쥐들이었다. 그때 이 쥐가 얼마나 번식을 많이 했는지 모든 건물에는 물론 들이나 산에까지도 온통 쥐 떼들 때문에 전 국토가 몸살을 앓고 있었다. '정부시책으로 집집마다 쥐를 잡도록 했고, 학생들에게도 방학 때면 쥐 잡는 숙제를 주었다.

초등학교 오학년이던 겨울 방학 때다. 달수 방에 모인 상급학년에 속하는 우리들 또래는 숙제이야기를 하다가 쥐꼬리 이야기가 나왔고, 다른 친구들은 한 마리의 쥐도 잡지를 못했는데 한 친구는 쥐꼬리 다섯 개를 다 준비했다는 것이었다. 학교에서 배정된 쥐꼬리는 하급생은 세 개씩이었고 상급생은 한 사람에게 다섯 개씩이었다. 쥐꼬리 숙제를 마쳤다는 친구의 말이다. 오징어 다리 끝 부분인 발을 잘라서 쥐꼬리처럼 끝을 가늘게 칼로 다듬고 돌에 문질러 기술적으로 불에 살짝 구우면 오징어 발이 영락없는 쥐꼬리로 둔갑을 한다는 것이었다. 이 정보는 서울 근교에 있는 친척에게 들었다고도 했다.

학교에서도 일일이 진품여부를 확인하는 절차는 없었다. 먼 거리에서 선생님 한 분이 참관을 했고, 미리 준비한, '쥐꼬리수납확인증'을 한 장씩 받아서 이름을 써 내면 되기 때문에 물으나마나 이건 완벽한 아이디어라고 생각했다. 해마다 겨울 방학이 끝날 때면 어느 해나 집집마다 차례를 지내는 음력설이 다가온다. 그래서 이 쥐꼬리 숙제의 공작은 시기적으로도 하늘이 도왔다고 생각했다.

우리가 살던 곳의 전통은 그때나 지금이나 제사라면 반드시 오징어가 제물에 포함이 되는 것이니 이 또한 얼마나 다행한 일인가. 이 쥐꼬리 숙제의 공작은 일체 비밀에 붙이기로 굳게 약속도 했다. 어느 한 친구가 미리 오징어 발로 정교하게 만든 쥐꼬리를 불에 구웠는데 모양은 흡사해도 색깔이 영 아니었다. 또 일찍 다 준비했다는 친구의 것을 확인도 해 보았는데 역시 빛이 진품과는 너무 달랐다. 우리들은 며칠을 연구한 끝에 성공적인 결론을 얻었다. 오징어 다리를 먹물로 까맣게 칠하고 먹물이 마르기 전에 청솔가지를 태운 연한

불에 슬쩍 굽는데 이 과정을 연거푸 세 번만 반복을 하면 오징어 발이 틀림없는 쥐꼬리의 색이 된다는 것이다. 그런데 문제는 이 비밀을 지키자는 우리들 약속이 지켜지지 않는 데 있었다. 과외도 없었고 놀기만 일삼던 그 당시의 방학이었고 보면 이 동리 저 동리를 오고가면서 우리들은 제 친한 친구에게 만나는 대로 "너만 알고 있어라." 하며 쥐꼬리 숙제의 소문을 내고 말았다. 어떤 어른들은 아이들에게 들은 정보를 이용해서 오징어 발로 쥐꼬리를 만들어 통반장에게 건네주다가 들통이 난 집도 있었다.

겨울방학이 끝이 나고 등교하는 날이었다. 조회시간에 "이번 방학 과제물 중 쥐꼬리숙제만은 정확하게 챙기겠다."라는 교장선생님의 말씀에, 모든 선생님들은 하나같이 빙긋이 웃고 서 계셨다. 내 짐작이지만 아마도 조회시간보다 더 일찍 갖는 직원회의에서 가짜 쥐꼬리 숙제 건이 논의가 된 게 분명했다. 그 전과는 다르게 그날의 쥐꼬리 숙제의 과제물은 그냥 대충 해서 받는 게 아니고 다른 반 담임선생님을 모신 가운데서 복수 심사를 거쳤던 것이다. 내 기억으로는 그때의 '쥐꼬리숙제'로 부정이 적발된 학생은 육십 명이나 되었다.

개학이 시작된 그날 '쥐꼬리 부정 숙제'에 연루된 학생들은 임시교사 건물에 헌 가마니가 놓인 찬 먼지바닥에 무릎을 꿇고 "매사에 정직하자."라는 요지로 교장선생님의 긴 훈시를 들어야 했다. 적어도 우리 학교로서는 엄청난 이 충격적인 쥐꼬리 부정 숙제사건을 두고 감독청인 교육당국에 보고를 했는지는 잘 모르겠으나, 이로 인해서 학생들의 보호자 모임인, 당시의 '학부형회의'가 소집이 됐고 우리 아버지도 한 차례 불려가신 것만은 분명한 사실이다.

# 화가의 그림자

# 사람이 죽어서 어디로 가나! 人生何處去

　사람이 죽으면 어디로 가나? 누구에게 물어봐도 명확한 답은 없다 그러나 유신론자와 무신론자의 둘로 갈라지는 대답은 이렇다.

　사람이 살면서 가끔은 공포나 두려움을 느낄 때가 있다. 그래서 신을 의지하려는 생각을 갖게 되는데, 이것은 유신론자의 심리상황 이다.

　반대로 무신론자들은 인간에게 나타난 현상을 본질로 귀화시키고 그 근본을 다시 캐보려는 습성(본질적 근성) 때문에 변화하는 정체 를 옳게 받아들이고 활용해서 삶에 유익을 얻고자 하는 데 목표를 둔다. 무신론의 설명에 그런대로 이해가 가는 말이다.

　'사람의 혼미와 비참을 보고, 이에 침묵하는 온 우주를 보고, 아무 런 희망도 가지지 못한 인간이 홀로 내버려져 우주의 한 귀퉁이에서

방황하듯, 누가 자기를 거기 갖다 놓았는지, 또 죽고 나면 어떻게 되는 것인지도 모르고 아무런 인식도 가질 수가 없음을 볼 적에, 마치 잠이 든 동안에 아무도 없는 무서운 무인도로 옮겨졌고 깨어보니 자기가 어디에 있는지도 모르고 거기서 나갈 도리도 없는 사람처럼 공포를 느낀다."라는 말은 ≪팡세≫의 한 구절이지만, 유신론자들을 대변하는 유명한 파스칼의 말이다.

20년 전에 지리산 계곡에서 급류에 휩쓸려 유명을 달리한 여성 지도자이며 신학대학을 졸업한 선각자인 시인 고정희의 노래는 무신론 조의 애절한 호소다.

"하느님을 모르는 절망이란 게 얼마나 예쁜 우매愚昧인가! 하느님을 등에 업은 행복주의란 게 얼마나 맹랑한 도착신앙인가!" 한심한 세태의 현실종교관을 비웃음이다.

그가 쓴 〈예수전상서〉는 이렇다.

> 요즘은 정 두터운 사람과 만나도
> 말문 트기 바쁘게 아픔이 먼저 온다
> 마주보기 무섭게 슬픔이 먼저 온다
> 호의보다 편견이 앞서 가리고
> 여유보다 주검이 먼저 보인다
> 스스로 짓눌려 돌아올 때면
> 친구여
> 서너 달 푹 아프고 싶구나
> 그대도 나도 불온한 땅의

불온한 환자임을 자처하는 요즘은
통화가 끝나기 전 결론을 내리고
마주치기 앞서서 셔터를 내린다
좋은 물건일수록 의심을 많이 한다
서너 달 푹 아프고 싶구나

니체의 말대로 신은 죽었는지 아니면 게으름을 피우는지 현실에
너무 무관하다. 요동도 하지 않고 침묵만 하는 신을 바라 본 고정희
는 신의 힘보다는 돈의 힘이 더 위대함을 보았다. 신과 자본의 힘겨
루기에서 신이 돈 앞에서 쩔쩔매는 현실의 절규로 '새 시대의 주기
도문'을 외운 듯하다.

권력의 꼭대기에 앉아 계신 우리 자본님/ 가진 자의 힘을 악랄하게
하옵시매 지상에서 자본이 힘 있는 것같이/ 개인의 삶에서도 막강해
지이다/ 나날에 필요한 먹이사슬을 주옵시매/ 나보다 힘없는 자가 내
먹이가 되고/ 내가 나보다 힘 있는 자의 먹이가 된 것 같이/ 보다 강한
나라의 축재를 북돋우사/ 다만 정의나 평화에서 멀어지게 하소서/ 지
배와 권력과 행복의 근본이/ 영원히 자본의 식민통치에 있사옵니다
— 〈새 시대의 주기도문〉

지금으로부터 이천사백여 년 전에 태어나서 노자老子의 가르침을
체계화한 사상가로 오늘까지 동양인들에게 큰 영향을 주는 장자莊子
의 일화다. 장자가 함께 살아온 부인을 잃었다. 상처를 했다는 소식
을 늦게 접한 친구 혜시惠施라는 사람이 장자 집으로 문상을 갔다.

마침 장자는 돗자리를 깔아 놓고 앉아 그릇을 두드리면서 노래를, 그것도 큰소리로 노래를 부르고 있었다. 이를 보고 황당한 시혜가 놀라서 물었다.

"이보게, 장자! 평생을 같이 살아온 부인을 잃은 마음이 슬프지도 않은가, 노래라니?"

"많이 슬펐다. 그러나 다시 곰곰이 생각을 해 보니 모든 인간이 다 그렇듯, 아내에게는 애당초 생명도 형체도 기氣도 없었다. 다만 유有와 무無 사이에서 기가 생겼고 그 기가 변형이 되어 형체가 되었고, 형체가 다시 생명으로 바뀌었다. 그렇다면 이제 삶이 변해서 죽음이 되었으니 이는 춘하추동 계절의 순환과 같지 않은가? 그래서 우주의 어딘가에서 아내의 몸은 수억만 개로 분산이 되어 지금 잠들어 있다. 내가 여기서 아내가 보이지 않는다고 해서 울고 슬퍼한다는 것은 자연의 이치를 너무 모름이다. 그래서 나는 울음을 멈추고 슬픔을 끝내려고 한다."

# 전시회와 그 후의 소회所懷

변각구도邊角構圖를 만들어 예술적으로 사물을 가감해서 그리는 진경산수화眞景山水畵 본래의 취지를 살리다 보니 '옛 그림을 고집하는 희귀한 작가'로 분류가 되어 '근간에 보기 드문 작가'라거나 '45년 전통산수화를 고집하는 외길 인생', 또는 '아직도 정선鄭旋의 화풍을 계승하고 우리의 맥을 잇는 작가'라며 매스컴을 좀 탄 적이 있다. 기분 나쁠 것이야 없지만, 그래도 내심 교만하지 않으려고 애를 썼다. TV뉴스를 보고 왔다거나 보던 신문을 들고 전시장을 찾는 사람들 때문에 기분은 괜찮았다. 생각보다는 그림을 더 팔 수도 있어 빚지지 않은 전시회, 풀 죽지 않는 전시회로 마감을 했다.

전시 도중에 초대하지도 않은 낯선 사람이 찾아오면 무척이나 반갑다. 물론 초대된 사람이 왔을 때도 반갑기는 더했다. 이미 초대장을 보낼 때 맘속으로 대강 결정을 한다. 못 오거나 안 올 사람을 구별 짓고, 올지? 말지? 하는 사람을 나누고, 꼭 올 사람을 속으로 구별하는 계산이 우표를 붙이면서 통수가 나온다.

전시회 도중에 '올지 말지'로 여긴 사람이나 못 오리라고 믿은 사람이 불쑥 얼굴을 나타내면 반갑기가 그지없다. 백사불고 했다며, 불원천리를 와 준 사람에게는 오랜 시간을 두고 고마운 마음이 가시지가 않는다. 반대로 꼭 오리라 믿었던 사람이 한 통화의 전화조차 없이 얼굴을 내밀지 않으면 출입구 쪽으로 자주 눈을 돌리게 된다. 끝날 시간이 다가오면 더욱 그 빈도는 잦다.

끝내 장이 파하는 날까지 모습이 안 보이면 '행여 그 사람에게 무슨 변고라도!' 하면서 온다고 기대하던 마음은 도리어 걱정하는 마음으로 바뀌게 된다. 그러다가 어느 날 그 사람을 만났다. 피치 못할 사정이 있어서가 아니고 '깜박' 했다는 무성의한 변명을 들을 때는 도망이라도 치고 싶을 정도로 나 자신이 외려 면구해진다. 차라리 전시회를 못 와서 미안하다는 말 한마디 하기가 싫어 엉뚱한 수다를 떨고 능청스럽게 그냥 슬쩍 넘어가는 사람보다 별반 나을 게 없다는 생각이 든다.

올 사람을 불러 놓고, 못 올 사람도 불러놓고, 남의 입장도 물어보지 않고, 남의 사정도 모르면서 전시회의 날을 잡고, 혼자서 장소를 정해 놓고 기다렸다느니, 야속하다느니, 걱정이 된다느니 하는 것 자체가 자기중심적이요 무례다. 그래도 사람이라는 게 어디 남의 중심으로 살기가 쉬운가 말일세. 그래서 사람은 누구나 팔은 안으로 굽혀지게 마련이라던가! 전시회에 안 온 책임전가를 남에게 떠넘기다가도 '봉사 개천 나무랄 게 뭐 있나, 내 눈 먼 탓'이지, 내가 어디 그리 대단한 사람도 아니고!' 하며 원인을 나 자신에게 돌리면서 체념을 한다.

몇 번의 전시회를 하면서 초대장을 받을 사람에게는 일언반구도 의논을 해 본 적이 없지 않았는가? 제멋대로 제 일을 제가 저질러 놓고 누가 오느니, 연락도 없느니, 하는 것은 아직도 이기심으로 꽉 찬 수양이 부족한 내 인격 탓이 아니겠는가? 제 잘못과 부족함을 모르고 남을 원망하다니!

불한자가급승단不恨自家汲繩短
지한타가고정심只恨他家苦井深

자기의 두레박 끈 짧은 것 생각지 않고,
남의 집 우물 깊음을 탓한다고 하던가.

동양화의 첫 지침서이기도 한 개자원芥子園에서는 일찍이 그림 그리는 사람의 마음자세를 이렇게 일렀다.

"먹, 붓의 치졸함은 귀엽게 볼 수도 있지만, 붓을 지체한 흔적은 곤란하다. 패기로 인한 서툰 지체는 용인이 될 수가 있어도 장사꾼 속이 드러나는 속기俗氣는 금물이다."

"그래! 내가 전시장의 관객 숫자에 신경을 쓰지는 않았는지? 오신 분들에게 존재감을 의식해서 과대자찬, 자화자찬은 없었는지? 선후배들 앞에서 아는 체, 잘난 체, 교만을 떨지는 않았는지? 그림을 팔 셈으로 좀 과한 언행은 말아야 했는데. 몇 푼이라도 그림 값을 더 받으려는 술수는 없었는지? 다른 화가나 남의 그림에 대해서 물어왔을 때 내 것보다 남의 것을, 그리고 나보다 남을 더 낫게 말했는지!" 하며 전시회에 대한 반성을 한다. 솔직히 자괴심自愧心에 떠밀려 한 쪽 처진 구석으로 가고 싶은 마음이 들기도 한다.

# 청량산의 여름새벽

간밤에 덮던 홑이불을 개듯
가볍게 어둠이 걷힌다
새벽이다
웅산雄山 여명이 새날을 창조하는 신비의 초신初晨이다.

새벽에 찢어대는 산새 소리가
저녁에 울던 풀벌레 소리보다 한층 청아淸雅롭다.

땅 위의 모든 사물事物이 가장 묵직하게
싱그럽고도 성스럽게
웅장하게 펼쳐지는 새벽의 용틀임이 가경佳景이다.

산에서 불어오는
실바람 기지개 소리가 창을 흔들고
산새 들새들의 우짖음이
방에서 들려오는 음악보다 정겨웁다.


태곳적부터
새벽을 깨워 주는 바람
저 바람 한 자락에
천지만엽千枝萬葉이 하늘로 뜬다
새벽이 둥둥 뜬다
내가 뜬다
전신을 적셔주며 아침 이슬을 머금고
개벽開闢의 지구가 숨 트는 순간이다.


바쁘게 잠옷을 벗어 던지는 소리
희희낙담 하는 사람 소리
방방이 여닫는 덜커덩거리는 문 소리
마당에는 신발 끄는 소리
누굴 부르는 아낙의 허스키한 목소리
날이 샌다고 연거푸 울어대는 장닭 소리
똥개의 우렁찬 고함소리
관광지의 아침은 소리로 시끄럽고
민박촌의 시계가 바쁘게 돌아간다.

밤새워 외로이 고즈넉했던 풀잎 끝자락에
이슬 닮은 구슬이 알알이도 열렸구나.


기氣와 정精과 흥興이 절정에 이르면
새벽이 곱게 창을 열고
산허리를 돌고 감아 곡풍산풍谷風山風이 구별된다
금빛 햇살을 안은 실안개軟霧는
주세붕이 명명한 열두 육육봉을 시작으로
천지강산에 비단처럼 펼쳐진다.


시공을 넘나들며 억조창생億兆蒼生의 가슴을 주무르는
시원한 저 바람은
기幾 수수 만겁萬劫 동안 얼마나 많은 새벽을 깨워왔을까.


말 없는 저 성산聖山은 오늘도 거룩하기만 해서
웅위雄威의 표출 앞에 침묵하는 인신寅晨이다.


"산은 옛 산이로되 물은 옛 물 아니로다.
주야로 흐르나니 옛 물이 있을쏜가……."
밤새워 흘러내린 청계수淸溪水에
간밤의 때垢 한번 씻어 보자
인간의 냄새 지워 보자
내가 나를 씻어 보자

숨고 있는 나를 밝혀내고
없어진 나 한 번 찾아도 보자.


기봉여천奇峰麗川, 청천하靑天下에
사람냄새 풍기지 말고
거짓과 냄새 없는 데서
잠깐만이라도 맘을 털자.


최치원崔致遠, 김생金生의 서혼書魂이 숨 쉬는 산
원효, 의상대사가 뼈를 깎던 도심道心과
성현들의 그 우직한 침묵을 배울 수 있는 산
퇴계 이황의 글소리가 들리는 이곳에서
오늘만이라도 초연해 보자
청량산 여명黎明 앞에
위선僞善인들 어떠랴
'작심일순作心一順'도 괜찮다
진지한 척 다짐 한 번 해 보자.

# 계절의 봄은 왔는데

지금까지 살면서 많은 사람들을 만났습니다. 누구나 다 그렇겠지만, 한 번이라도 부딪친 인연은 귀하게 여기며 그 인연 소중히 간직하려고 애를 썼습니다.

새 봄이 돌아왔다고 생각을 하니 귀한 인연으로 알았던 사람들의 얼굴들이 눈에 선하게 떠오릅니다. 또 그들과 진지하게 나눈 대화도 다시 뇌에서 살아납니다.

불현듯 아는 이들의 안부가 궁금해졌습니다. 새봄의 세계가 만물의 소생을 재촉하는 이 화창한 계절에 모든 사람들의 주변에는 좋은 일 많고 자랑할 일뿐인 행복한 봄을 소망하는 전갈을 보내고 싶습니다.

겨울에 짓눌린 어눌한 손도 봄을 아는지 체온도 따사롭게 느껴집니다. 팔공산을 찾아 든 봄을 향해 창문을 열었습니다. 펼쳐진 창밖의 풍경들로 봄의 온기를 만끽하게 합니다. 개나리와 산수유가 노랗게 꽃을 달았고, 매화와 목련의 자태도 아름답습니다. 겨울 내내 헐벗었던 나목의 가지들이 물을 올려 받는 싱싱한 모습입니다. 봄바람에 겨울 때를 씻는 듯 가지의 흔들림이 요란합니다. 베란다의 화분에도 상큼한 생기가 돕니다.

그런데 오늘 따라 내 가슴은 왜 이렇게 차분한 봄맞이가 안 되는지요! 진달래가 만발한 뒷동산에 동네친구들과 어울려 뛰어다닌 어릴 적 기억도 납니다. 지금도 고향의 꽃바람 향기와 상큼한 봄나물 냄새를 잊을 수가 없습니다. 엄마가 길쌈해서 만든 면바지 입고 강아지 끌고 뒷동산을 오르던 추억도 있습니다.

봄은 꽃이요 꽃은 인생의 전부인 줄로만 안 시절도 다 지나갔습니다. 봄은 영원한 봄일 줄 알았습니다. 한 번 핀 꽃은 지지 않을 줄로 여긴 때도 있었지요. 바람처럼 왔다가 흔적 없이 가는 게 인생이란 걸 몰랐고, 꽃처럼 피어나서 영원히 향기로운 게 사람이라 여겼던 때도 있었습니다.

추억! 느낌! 그렇지요, 어차피 인생은 그 자체가 가진 듯해도 사실은 잃은 것뿐이며, 찾을 것도, 찾을 일도 없이, 공허한 느낌과 허무한 추억만 남아있을 뿐입니다. 쳐다보면서 사람들끼리 대화를 나누는 시간도 지나고 나면 모두가 과거가 되고 만다는 보편타당한 이치를 알 때 인생은 그때부터 서글퍼지기 시작합니다. 지난 세월은 나에게 길고도 긴 여정이었습니다. 그 긴 여정의 시간들은 이제 빛바랜 회한으로 돌아오고 있습니다. 꽃바람도 봄 향기도 그 회한을 달

랠 궁극적인 해결책이 되지는 못합니다.

나이가 들면 도서관을 가는 일, 독서를 하는 것도 눈이 마다합니다. 영화를 보는 것도 오관五觀의 한구석이 반기를 듭니다. 오래거나 긴 여행은 사지백체들이 데모를 합니다. 할 수 없다는 게 할 수 있다는 것과 숫자 경쟁을 합니다. 계절의 오고 가는 자연의 법칙은 봄마다 불변한데……. 세세춘춘歲歲春春 화상사花常似(봄마다 꽃은 동일한데), 시시인간부동화時時人間不同和(때에 따라 사람은 다르더라). 그래서 다시 봄맞이 안부를 묻고 싶습니다.

강남 갔던 제비가 곧 돌아온다는 전갈을 받을 때도 되었습니다.

춘래불사춘春來不似春의 듣기 거북한 말은 되뇌지 말고, 조춘早春을 노래한 고시 한 수를 떠올려 공허한 이 마음을 달래고자 합니다.

눈雪 쌓였던 저 산은 안 쓸어도 깨끗하고
열린 사립문으로는 날 찾는 이가 벗이로세.
눈 덮인 저 봉우리 아직도 바람은 찬데
창문 앞 연한 가지엔 피었구나, 매화야.

# 두더지의 주례사


토서가 자라서 결혼을 할 나이에 이르자 숱한 청혼이 있었지만 거절했다. 자신은 물론, 후손까지 흙을 파는 숙명을 탈피하는 방법을 찾던 그는 농부가 설치해 둔 덫에 걸려 죽는 아버지를 보고 혼처를 찾아 나섰다.

토서는 사모하는 태양을 찾아갔다. 청혼을 했다.

"그래요, 나의 밝은 햇살과 내 힘을 존경한다고요? 검은 구름이 몰려오는 날이면 나는 빛을 잃고 맙니다. 나보다 힘이 센 구름을 찾아가 보세요."

태양의 말을 들으니 흠모했던 태양보다 더 위력적인 구름이 있다는 사실을 몰랐다는 것이 후회스러웠다. 두더지는 어렵잖게 구름을 만나 청혼을 했다.

"남들이 보았을 땐 천하를 떠다니는 나를 보면서 팔자가 좋다고도 하고, 비를 몰고 다니는 것으로 봐서는 힘이 있다고 하지만, 바람이 불면 동서남북으로 흩어지는 것이 구름이랍니다. 그러니 바람을 찾아가 보시지요."

이왕에 할 결혼이라면 해를 이기는 구름도 맘대로 휘젓는 바람이 좋다는 생각에 토서는 바람에게 청혼을 했다.

굵직한 목소리로 바람이 대답을 했다.

"내가 힘이 센 건 맞습니다. 맘만 먹으면 웬만한 나무나 집들도 날려버릴 수 있지요. 그리고 바닷물을 끌어올려 홍수를 만들어 골짜기를 휩쓸 수도 있지만, 저 밭둑가에 버티고 서 있는 바위는 무너뜨릴 수가 없으니 저 바위야 말로 나보다 힘이 셉니다. 바위를 찾아가세요."

토서는 산아래 밭둑 가에 있는 바위를 찾아갔다. 그리고 한참을 돌아다닌 사연을 이야기하고, 자기와의 결혼을 부탁했다. 바위의 대답이다.

"세상에서 가장 힘이 센 자와 혼인을 원하신다구요? 저는 이 자리에 버티고 선 것이 오랜 세월입니다만, 나를 이기는 장사는 물론 없었습니다. 태양도, 구름도, 바람도, 세월도 나를 이기지는 못했지요. 그런데 요즈음 내 신세가 불안합니다. 내 엉덩이 밑을 후벼파는 짐승들이 있어서 내가 언덕 쪽으로 기울고 있습니다. 그래서 나도 언제 저 아래로 굴러떨어질지 모릅니다. 내 엉덩이 밑에 살고 있는 것들을 만나 보시지요."

세상에서 가장 힘이 센 바위도 넘어지게 만드는 위대한 무리들이 사는 곳을 찾아갔다. 토서가 찾아 간 바위 밑에는 동네방네 두더지들이 모여 마을을 이루고 있었다. 거기에는 언젠가 토서와 결혼을 하자며 졸라대던 두더지도 있었고, 어디 갔다가 이제 왔느냐며 반갑게 얼싸안는 소꿉친구도 있었다. 토서가 동갑내기의 한 두더지와 결혼식을 올리는 날 집례를 맡은 왕두더지의 주례사다.

"두더지팔자를 서러워 마라, 세상에서 가장 평화로운 곳이 여기다. 이 굴속을 빠져 나가면 우리와는 다른 생활을 하는 동물들이 많다. 동족끼리 먹고 먹히는 아귀다툼을 하는 짐승들, 그중에서도 인간이란 짐승도 있는데 그들은 지상에서 유일한 고등동물임을 자처하고 만물의 영장이라고 주창한다. 거기는 정치란 게 있어서 간교하고 거짓말 잘하고 사술에 능하면 지도자가 되는 곳이란다. 인간들의 지도자란, 저들에게 유리한 법이니 제도니 하는 것들을 만들어 세금을 거두며 약자를 수탈해서 벗겨먹고 사는데, 이들은 사회의 전반을 주무르는 특수층이며 일러서 '지도자'라 한다."

물을 마시고 난 왕두더지의 주례사는 계속된다.

"땅속을 뒤져서 먹이를 찾는 우리들과는 다르게 인간들은 많이 가진 자에게 적게 가진 자가 보태주는 제도를 두어 부자들은 호강하며 산다. 이런 경제인들은 정치지도자와도 한통속이 되거든."

왕두더지의 주례사는 마치 인간들의 성토를 위한 연설처럼 들리기도 했다.

"혼탁한 인간사회는 인격도 서열도 없다. 그들에게는 돈만 있다. 걸핏하면 '소 같은 놈, 돼지 같은 놈, 개 같은 것'이라고 네발짐승을 빗대지만, 알고 보면 소나 개, 돼지만큼의 인격도 없다. 짐승들도 감히 할 수 없는 추한 폐륜도 서슴지 않는 게 그들이다. 영화 〈도가니〉를 봐라."

"또 두더지세계에서는 볼 수 없는 죽음이라는 공포를 조성하고, 이 죽음이라는 것을 이용해 순박한 사람들을 갈취해서 먹고사는 패거리도 많다. 패당을 지워 절[寺]뺏기를 하는 중[僧]들도 있고, 제 마누라 죽여 장롱 속에 감추고, 외도를 하면서 설교하는 목사, '신도 하나면 논 한 마지기와 안 바꾼다.'는 성직자들의 자식들은 고생 없이 공부한다. 이 공부란, 제 부모처럼 지도자가 되어 대중을 벗겨먹는 공부긴 하지만 말이다. 주례자는 제풀에 열이 올라 손짓 발짓을 하며 고함을 질렀다.

"두더지들이여! 바깥세상을 동경 마라, 우리끼리의 이 결혼이 얼마나 큰 축복인가를 명심하라! 우리에게는 상하가 따로 없어 힘 있는 자 눈치 안 봐도 되고, 윗선 무서워 억울한 사람 잡는 '부러진 화살' 재판도 없다. 인간 사회의 '종편'을 아느냐? 사실왜곡, 과장보도 하는 언론도 없으니, 헛소리를 듣거나 볼 필요가 없어 세뇌될 걱정 없는 곳이 이 토굴낙원이다. 앞만 보며 살아가는 두더지의 운명에 우리 모두 감사하자!"

# 월악산이 무너지다

벼슬하는 전목全穆에게는 새로 부임한 충주지방의 빼어난 절경도 좋았지만, 그보다는 여자들의 아름다움 때문에 독신생활을 하는 벼슬아치로서는 더 없는 매력을 느끼지 않을 수가 없었으리라. 그래서 부임을 하자마자 열린 환영회 자리에서부터 금란金蘭이란 기생의 미모에 반하고 말았다.

금란의 연령은 스물다섯인 그냥 그런 관기의 나이지만, 교태 어린 화술이며 말보다 먼저 살짝 지어주는 미소에 파인 보조개는 사나이들의 마음을 흔들기에 충분했다는 기록도 있다. 알맞은 키에 선명한 검은 두 눈동자며 흰 살결의 부드러운 용모는 누가 봐도 절세가인이라 할만 했다. 하얀 모시적삼 오지랖을 살짝 들어 올리는 탄력 있는 통통한 두 젖무덤은 보는 남정네로 하여금 오장육부를 들끓게 해서 심장을 뛰게 했고 호흡을 멎게 만들고도 남았다.

가족을 서울에 두고 관사에서 외롭게 지내는 전목은 자연스럽게 관기 금란에 대한 끓어오르는 욕정을 감당할 수가 없어 그를 품안에 품고 말았다. 일개 고을의 수장으로서 민정치안에 열심을 하지 않고 관기 금란과의 열애로 많은 실정을 거듭하면서 평판이 나빠졌다. 이 소문은 곧 서울까지 알려졌고 그래서 전목은 서울 어느 변방의 육방 관이라는 자리로 좌천을 하기에 이르렀다.

서울로 떠나기 전날 밤, 송별연이 파하고 충주에서 마지막 밤을 보내야 하는 전목은 아쉬운 석별의 정을 달래려고 밝은 달빛이 스미는 관사의 뒤뜰을 거닐고 있었다. 금란도 하얀 버선목이 드러나게 열두 폭 치마를 왼손으로 걷어 올리면서 사뿐사뿐 전목에게로 다가왔다.

"저 달이 서산으로 기울면 밤은 밝을 테고, 그래서 내일이라는 새로운 아침이 오면 나는 서울로 가야 하네. 간다고 내가 어찌 금란일 잊을 수가 있겠나, 잊을 수 없고말고. 몸은 가도 내 정과 진심은 자네 곁에 두고 감세."

"능글맞은 사내들의 속성을 한둘 경험한 소첩이 아니올시다."

"이 사람아! 난 의리를 목숨으로 아는 남자야, 그런데 자네가 걱정이 돼."

"서방님! 서방님을 향한 소첩의 일편단심을 저 월악산을 두고 맹세하오리다."

"월악산을 두고 맹세를 한다? 그렇다면 나도 사나이로서 내 이름을 걸고 맹세를 하겠네."

그날 밤 전목과 금란은 변치 말자고 맹약을 철석같이 하고 또 했다.

멀지 않아서 내 너를 데리러 오겠노라, 벽천의 둥근달을 보며 전목이 금란의 목을 끌어안는다.

"소첩 역시 서방님을 기다릴 것이외다."

삼 년이란 세월이 흘렀다. 전목은 벼슬이 병조참지兵曹參知라는 당상관에 이르자 충주에 두고 온 금란의 생각이 간절했다. 그래서 사람을 보내 확인한 금란의 근황이 전목에게는 너무나 충격이었다. 금란은 새로 부임한 단월역의 역장과 열애 중이라는 것이다. 월악산을 두고 한 맹세대로 기다린다던 금란의 간교한 입놀림을 생각할 때 울화가 치밀고 분개로 가슴이 터질 것 같았다. 전목은 배신감을 억지로 참으면서 떨리는 손으로 편지를 써서 심복 박 서방을 금란에게로 보냈다.

<blockquote>
들자니 너는 단월역승을 사랑해서　聞汝偏憐斷月丞(문여편련단월승)<br>
밤마다 역으로 달려간다니　　　　夜深常向驛奔勝(야심상향역분승)<br>
언젠가 내 세모방망이 들고 가서　何時手執三稜枝(하시수집삼릉지)<br>
무너진 월악산맹세 꼭 따지리라　歸問心期月嶽崩(귀문심기월악붕)
</blockquote>

전목이 보낸 편지를 받아 본 금란도 답장을 썼다.

<blockquote>
북에는 낭군님, 남에는 역관 있으니　北有全君南有丞(북유전군남유승)<br>
내 마음 구름처럼 안정이 안 되네요　妾心無情似雲勝(첩심무정사운승)<br>
맹세 같은 걸로 산이 무너진다면　　若將盟誓山如變(약장맹서산여변)<br>
월악산은 여러 번 무너졌겠지요!　　月嶽于今幾度崩(월악우금기도붕)
</blockquote>

금란의 편지를 읽은 전목은 화가 극에 달했다. 다시 편지를 썼다. 언문(국문) 편지다.

기방오불妓房五不의 첫 번째가 기녀들의 말을 믿지 말라고 했지만 나는 너를 믿었다. 그리고 난 너를 진심으로 사랑했다. 월악산은 오늘도 옛 그대로겠지만 간사한 네 마음만 변절했구나. 요망한 금란아, 내 곧 어사가 되어 충주로 내려가서 배신의 한을 갚고 월악산 맹세가 무너진 연유를 따지리라.

금란도 국문답장을 써 보냈다.

대장부의 말은 첫째가 실천적 기능을 보여야 합니다. 군자의 부끄러운 다섯 가지君子恥五目를 아시나요? 그중 하나가 언행불일치입니다. 실천 없는 말이란 뜻입니다. 연약한 여자의 몸으로, 그것도 노류장화路柳牆花나 진배없는 관기의 몸으로 뭇 남성들의 유혹과 억압을 어떻게 이겨내고 있는지, 그 고통을 어찌 감내하고 있는지 생각이나 한번 해 보셨나이까? '곧 데리러 오마!' 하신 서방님의 말씀도 삼 년이 지나고 보니 이젠 약발이 떨어지고 말았습니다. 소첩은 귀에도 눈에도 서방님의 모습은 희미해졌습니다. 도리어 속았다는 쾌씸한 생각만 듭니다.

전목은 긴장을 풀려는 듯 물을 한 모금 마시고 긴 한숨과 함께 다시 편지를 읽는다.

바람에도 하늘거리는 연약한 여자를 우글거리는 늑대의 소굴에 던

져두고 삼 년이 지나도록 단 한 번의 소식조차 없는 서방님의 인품에서 무슨 의리를 찾겠으며 사랑과 믿음을 기대하오리까? 그래요, 충주로 오시거든 먼저 월악산을 한번 둘러보시지요, 올여름같이 짓궂게 계속된 장마에는 월악산도 어쩔 수가 없었던지 여러 군데 무너지고 말았습니다. 굶주린 고양이 무리 속에 던져 둔 생선이 달이 가고 해가 가도 무사하기를 바란 서방님의 그 요행 망상적 사고가 과연 옳았는지, 서방님이 여자 앞에 내세우는 목숨보다 중한 의리라는 게 바로 이런 것인지, 소첩도 한 번은 꼭 따져 보고 싶은 대목이외다.

# 전쟁놀이

　6·25사변 때는 피난길을 다니면서 국군들도 보았고, 북한에서 내려온 인민군도 보았다. 그리고 이들이 벌이는 전쟁통에 어른들을 따라 다니면서 몸소 전쟁체험도 했다. 전쟁문화, 군병문화가 사회를 지배하던 당시에는 어린이로부터 어른에 이르기까지 온통 전쟁 이야기뿐이었고 하는 짓도, 놀이도 전쟁과 상관된 것이었다.

　흔히들 병정놀이라는 말을 많이 쓴다. 이 병정놀이는 아이들이 모여서 그중에 한 명이 사령관이 되어 각자에게 계급을 정해주면 집에서 가지고 온 박 바가지의 전면에 숯으로 계급장을 그려서 머리에 쓰고는 나무막대기에 끈을 묶어서 총이라 부르고 어깨에 멘다. 총을 메고 장교의 구령에 맞춰 제식훈련도 하고 잘못한 병사에게는 기압도 주고 한다. 휴가를 보내는 흉내와 휴가병에게 담뱃값도 뜯어내는 등의 진짜군인들 흉내를 내면서 노는 놀이가 병정놀이다. 주로 마을의 공터 같은 데서 행해졌다. 여러 사람이 열을 지워서 교관의 지시에 따라 제식훈련을 하면서 마을이 떠날 듯이 구령을 외치는 것도 그 당시로서는 퍽 재미가 있었다.

그런데 우리가 살던 내륙지방은 산이 높고 험해서 6·25사변을 전후로 소위 공비라고 하는, 산속에 숨었던 패잔병들의 출몰이 잦다 보니 피아군의 교전을 많이 보았다. 그래서 어린 우리들도 도시근교나 평야지에서 자라는 애들처럼 병정놀이는 잘 하지 않았다. 훈련하는 멋과 병영 문화에서 얽힌 사소한 대화나 행동에서 느끼는 소꿉놀이적인 병정놀이보다는 직접 전쟁을 연출하는 스릴을 실감하는 전쟁놀이를 더 많이 하면서 놀았다.

그때는 오후만 되면 집집마다 애들이 소를 먹이러 산으로 모였다. 소를 산에 풀어놓고 잡담을 늘어놓다가 무료해지면 전쟁놀이를 시작한다. 먼저 사람을 두 패로 가른다. 한쪽은 국군이고 다른 한쪽은 인민군이다. 서로가 인민군이 되기를 싫어해서 양쪽 사령관이 제비뽑기를 하거나 가위 바위 보를 할 때도 있다. 편을 나눈 사람들은 사령관의 명으로 계급이 정해진다. 가랑잎을 천으로 하고 마른 억새나 싸리나무 가지를 핀으로 이용해서 모자를 만든다. 국군은 철모를 만들었고 인민군은 철모보다 모자 전이 더 큰 모자를 역시 푸른 가랑잎으로 만든다. 국군은 모자의 앞면에 나무로 계급장을 만들어 근사하게 붙이지만 인민군은 계급장이 없었다.

산야에 흔한 나무를 잘라서 총을 만들고 끈은 주로 칡을 잘라서 묶었다. 그런데 인민군들의 총은 국군들의 M1보다 한 뼘 정도 긴,

장총이라는 것을 만들어서 국군들의 총과 구별을 지었다. 말라빠진 나무 삭은다리에서 권총이나 기관단총 또는 카빈소총의 모습과 닮은 것을 구하면 그것은 장교가 갖고 다닌다. 어떤 장교는 나무를 쪼개서 만든 칼을 차기도 했고 지상부가 잘려진 나무뿌리가 땅에 박혀 썩은 둥그런 까등걸을 묶어서 차고 다니면서 수류탄이라고 우쭐대기도 했다.

완전무장을 한 병사들은 두 패로 갈라져서 구령에 맞추어 행군을 한다. 서로 마주보는 두 산등성이로 가서 적당한 간격을 두고 매복과 포진을 한다. 양편 모두가 엎드리고 포복자세를 취한다. 인민군 측 사령관이 입으로 "따콩" 하고 장총소리를 내어 전쟁이 시작되는 도발의 신호를 먼저 보낸다. 이를 계기로 해서 국군들은 입으로 "빵 빵 빵" 하는 총소리를 내고, 인민군들은 "따콩 따콩 따콩" 하며 장총소리를 지르면서 이산 저산을 뛰어다닌다. 정상의 고지를 서로 차지하려고 밀고 밀리는 전쟁놀이가 한참 동안 치열하게 진행이 된다. 흙을 퍼부어 먼지도 일으키는 것을 수류탄 투척이라고 했고 차고 있던 나무토막을 던져 박격포 사격 등 대포사격도 한다. 봄과 여름이면 단단한 솔방울을, 그리고 가을철이면 도토리를 따서 호주머니에 넣고 전투를 하다가 상대방의 이마를 친다. 이마에 솔방울이나 꿀밤을 맞은 군사는 더는 전쟁을 할 수가 없고 포로가 되어 끌려가는 연출도 재미가 그만이다. 한참을 놀다가 인민군 측 사령관이 장총 끝에 옷을 벗어 걸고 흔들면서 항복의 신호를 보내면 국군들이 달려들어 준비한 칡넝쿨로 인민군들을 묶어서 본부로 돌아오면 전쟁놀이의 제1막은 끝이 난다.

흔히들 인생살이도 이 전쟁놀이에 비유를 하기도 한다. 어릴 때부터 힘겹게 자라다가 성혼을 하고 맺은 두 남녀는 아버지와 어머니라는 계급장을 달고 한 팀이 되어 가정이라는 울타리의 전쟁터에 포진을 한다. 그날부터 마주보는 상대의 가정과 선의의 싸움을 시작한다. 싸움의 상대는 너무 다양하다. 이웃집과 자식을 두고 서로 공부 잘 시키고 잘 기르려는 경쟁을 벌린다. 이웃 아이들보다 키도 더 키우고 싶고 인물도 더 훤하게 기르고 싶다. 남편도 남보다 더 출세를 시키려고 애를 써야 한다. 아내도 남의 마누라보다 더 신나게 살도록 해 주어야 한다. 돈도 남들 못지않게 모아 집도 사고 논도 사고 싶다. 살면서 어느 것 하나 전쟁이 아닌 것이 없다. 그 많은 상대들과 시시때때로 전쟁을 치르면서 살아야 하는 게 인생이다.

# 내 마음의 회심곡 허수아비

혼자 서 있는 허수아비에게/ 외로우냐고 묻지 마라/ 어떤 풍경도 사랑이 되지 못하는 빈 들판/ 낡고 해진 추억만으로 한 세월 견뎌 왔느니/ 혼자 서 있는 허수아비에게/ 누구를 기다리느냐고 묻지 마라/ 일체의 위로도 건네지 마라/ 세상에 태어나/ 한 사람을 마음속에 섬기는 일은/ 어차피 고독한 수행이거니/ 허수아비는/ 혼자라서 외로운 게 아니고/ 누군가를 사랑하기에 외롭다/ 사랑하는 만큼 외롭다.// 이정하 님의 시가 생각나면서 고향 논밭에 세워졌던 허수아비가 오늘따라 새삼 그리워진다.

어릴 적부터 논이나 밭에 서 있는 '허제아비'란 것을 많이 보면서 자랐다. 지금 말로 바꾸면 허수아비를 이르는 말을, 우리 고향에서는 허제아비라 했는데, 다시 허제비로 줄여서 불렀다. 허虛 지아비夫

란 뜻이리라. 거짓아비란 뜻이 담긴 말일 게다. 주로 늦봄이면 꿩들로부터 막 올라오는 콩을 보호하고 토끼나 노루로부터 기타 곡식을 지키기 위해서 산밑 밭둑에 세워진 게 허제비고, 여름에는 여러 짐승들로부터 작물보호를 위해 고추밭에 세워지기도 했다. 또 참새들로부터 여물기 전의 벼를 보호하기 위해 가을들판의 논에 세워지는 게 가장 많이 알고 있는 허제아비상이라고 할 수 있다.

살다 보면/ 사랑한다는 말만으로/ 부족한 것이 또한 사랑이었다/ 그에게 한 걸음도 다가갈 수 없었던 허수아비는/ 매번 오라 하기도 미안했던 허수아비는/ 차마 그를 붙잡아 둘 수 없었다/ 그래서 허수아비는 한곳만 본다/ 밤이 깊어도 눈을 감지 못한다//

그때의 이 허제비는 이름 그대로 남자였고 그래서 이름도 허가 붙는 지아비였다. 그런데 요새는 허 지아비만 들에 나와 선 게 아니다. 할아버지허제비도 있고 할머니허제비도 있다. 허 할아버지 또는 허 할머니로 불려야 한다. 어디 그뿐이랴, 노소를 불문하고 남녀가 공히 들판의 허수로 등장을 했다. 요새말로 이름을 짓는다면 허수아주머니, 허수아저씨, 그리고 허수총각, 허수처녀, 허수학생도 된다.

지난 가을이다. 강원도 횡성을 지나는데 허수아비축제를 본 적이 있다. 허수복면강도도 있었다. 단아한 치마저고리를 입고 예쁘게 비녀로 머리장식을 한 허수기생도 여러 명 있었다. 허수평양기생이라고 해야 할지, 허수황진이라고나 해야 할지 하고 나 혼자서 중얼거려 보기도 했다. 넥타이를 단정하게 맨 신사가 지팡이를 들고 섰는가 하면 농악대를 연상케 하는 남녀가 여럿이 춤을 추는 허수아비악

단도 보였다.

옛날에는 그저 우두커니 두 팔을 들고 서 있는 획일적인 모습의 허제비지만, 요새는 총을 들고 선 여러 명의 병정허수아비부대도 볼 수가 있었다.

옛날 우리 고향에서 보았던 보릿짚이나 풀을 묶어서 만들고 헌 누더기를 걸친 몸매에 테두리도 없는 낡은 밀짚모자를 눌러 씌웠던 초라한 허수아비는 지금의 들판에서는 볼 수가 없다. 그리고 혼자서 외롭게 서서 참새를 쫓으면서 곡식을 보호하는 처량한 허수홀아비도 보이지 않았다. 허수아비를 만들 자료가 많으니까 세웠다 하면 한 논에 여러 개의 허수형상이 들어서 있다. 피에로가 등장하고 온 가족 허수아비 식구도 있다. 데이트를 즐기는 남녀가 얼싸안고 있는 춘향과 이 도령의 행복한 허수도 있었다. 마지막 작별을 하느라고 어정쩡하게 버티고 선 남녀는 이수일과 심순애의 작별현장 허수아비라고 해도 좋을 듯했다.

밤만 되면 허수아비는 운다/ 늙고 초라한 몸보다도/ 자신의 존재가 서러워 한없이 운다/ 한낮엔 아무렇지도 않다는 듯 서 있지만/ 밤만 되면 허수아비는 목이 멘다/ 속절없이 무너져 한없이 운다//

어쨌든지 이 허수아비들은 이정하 님만 울린 게 아니고 지금 내 가슴도 어릴 적의 고향들판을 떠올려 향수에 젖게 한다. 허수아비는 아련하게 잊혀가는 내 고향의 회심곡이고 표상이고 내가 자란 산골마을의 교향곡이다. 그리고 눈만 감으면 늘 내 마음이 고향 찾아가는 이정표이다.

# 진경산수화의 제맛

집을 지으려면 먼저 장소가 있어 터 고르기를 해야 한다. 그리고 목적에 맞는 설계가 되어야만 필요로 하는 자재며 인력이며 기타 기술적 준비와 실행이 뒤따른다.

시를 쓰기 위해서는 시상詩想이 먼저 떠올라야 하고 동시에 늑뇌골에서부터 시감이 와야 한다. 또 음악에는 악상이란 게 있어서 영감이 먼저 전신을 감동케 한다. 정한 주제에서 생각도 느낌도 없이 억지로 문장을 꿰어 맞추려고 하면 제대로 된 글이나 음률이 나올 수가 없다. 마찬가지로 그림도 그렇다. 그림에 대한 느끼는 영감畵感이 오지 않으면 생명과 영혼이 결여된 것이라고 봐야 한다.

그림은 그리는 이의 마음이다. 차분하고 종용한 마음으로 그린 작품은 기쁜 마음으로 시작해서 즐거운 감정으로 끝낸 그림이라 언제

봐도 맑아 보인다. 안정감이 있고 늘 살아 숨을 쉰다. 시작할 때나 도중에나 또는 마칠 때에 단 한번이라도 안정치 못한 생각을 가졌다면 그 그림은 불안한 모습의 단면을 감출 수가 없다. 잡생각으로 붓이 머뭇거리는 치졸함도 없어야 하지마는 그림을 사고파는 상행위 같은 저속적인 생각은 그림 그릴 때는 더 금물이다. 그래서 화가들은 산을 자주 찾고 조용한 화실에서 혼자 머물기를 좋아한다고 봐야 할 것이다.

그림은 그리는 사람의 얼굴이고 느낌의 표출이고 표현이고 화가의 마음이다. 작가의 마음이 먼저 지면에 배이고 난 후에 먹으로 그림이 탄생되어야 한다. 선하고 맑은 마음이 예술로 승화되었을 때에만 그 작품은 성공한 것이다. 그래서 그림은 그린 사람의 마음이고 인격이며 작가의 영혼이기에 빛이 없어도 나타나는 화가의 그림자다.

한국화에 있어서 자연을 묘사하는 진경산수화란, 눈빛을 이용해서 나타난 현상을 붓으로 그리고 햇살에 구워내는 서양풍경화와는 다르다. 자연에 깊게 묻은 작가의 마음에서 우러난 작품을 혼으로 그려 심연心淵에 씻고 걸러 달빛에 말려서 가슴으로 다듬질하고 영으로 토해 낸 작품이 한국화의 진경산수화眞景山水畵다. 그래서 자연과 인간이 무언의 교감으로 창조되는 작품 앞에서는 누구나 머리가 숙여지는 것이다.

자연과 오랜 교감을 갖지 못한 사람이 제대로 된 산수를 이해할 수가 없다. 동북향의 산과 북동향의 산이 다르고, 같은 장소의 물이라도 오전의 물과 저녁나절의 물 모양과 색깔이 다르다. 같은 단풍

나무라도 잎이 막 지고 난 11월의 가지 눈과 잎이 돋기 전인 4월의 가지 눈 모양이 달라야 한다. 산을 이해하고 물을 제대로 알고 초목의 생리까지도 알아야 한다. 그림은 작가의 인격이고 양심의 발로이며 잡상雜想 없는 정상整想 속에서 생기生氣를 일으켜서 보는 이의 추운 영혼을 따뜻이 보듬고 감싸게 된다.

또 진경산수화에 있어서 다른 그림에서는 금기시 되는 여백餘白이 중요시됨은 "여백을 통해서만이 작품의 생명력이 표출되고 그 여백을 따라서 비로소 화기畵氣의 생장점이 고개를 내밀 수가 있다."라는 말을 한 사람은 남조시대의 화가 왕미王微다.

서양풍경화처럼 햇볕에 비춰지는 그림자는 아침의 그림자와 낮에 비친 그림자가 실물보다 다르다. 그러나 한국화는 달빛에 그을리고 마음의 못에 씻고 심상에서 칠을 해냈기에 그 어떤 빛에서도 실물과 똑같은 그림자를 만든다. 이것이 살아 있는 예술이고 생기가 넘치는 그림이다. 한국화의 진미는 여백의 조절에 달렸으며 오감으로 그린 작품이어야 하는데 이런 그림을 보고 있노라면 참 진경산수화의 제맛을 느낄 수가 있다.

# 인생의 사계절

# 양복 뒤집기

해방과 더불어 외국풍물이 밀려들어왔으나 소득이 낮고 보니 양복지 수입은 거의 없었다. 몇 안 되는 특수층만이 해외를 드나들면서 양복을 사 입는 게 전부였다.

해방이 되고 10년 후인 1950년대의 중반을 넘기자 한국동란도 끝이 나고 사회의 안정과 더불어 경제가 조금씩 좋아지면서 양복에 대한 욕구가 생기기 시작했다. 지방에서도 돈이 좀 생긴 유지나 또는 군수나 경찰서장 정도라면 좋은 양복 한 벌쯤 소망했지만 제대로 된 천이나 옷을 구할 방법이 없었다.

그 시절에 가장 인기가 있었던 양복은 국제도시인 마카오에서 들어온 것이었다. 그래서 '마카오신사'란 말도 생겼고, 또 미국의 '세빌'이란 양복의 일본식 표현을 딴 '세비루' 양복과, 선그라스에 해당하는 '라이벤'을 일본식 호칭으로 '라이방'이라 해서, "세비루 양복 쫙 빼 입고 시커먼 라이방 하나 걸치고" 나면 그게 온 국민들이 선망하는 '멋쟁이신사'의 오리지널로 통하는 시절이었다.

1950년대 최후반에 들면서부터 우리나라에서도 양복감을 생산하기에 이르렀지만 아무나 양복을 해 입기가 힘이 들었다. 보통 월급쟁이라면 한 푼도 쓰지 않고 서너 달은 모아야 국산 양복 한 벌을 해 입을 수가 있었으니까 말이다.

결혼 때나 또는 유지행세를 하는 사람이 어렵게 사 입은 단벌의 양복은 일 년 내내 외출복이었다. 게다가 이웃이나 멀리 사는 친구들까지 찾아와서 그 양복을 빌려 입고 선을 보거나 요긴한 자리에 나타나는 일이 많고 보니 목 부위나 소매는 물론 양복바지 가랑이 끝이 닳아서 실밥이 너덜너덜하게 되는 경우가 보통이었다. 또 연탄불에 달군 다리미로 꾹꾹 누르다 보니 양복이 번들거렸다. 이런 양복은 환한 대낮에 입고 나가면 보기가 무척 흉했다. 이건 국산 양복만이 아니고 마카오나 세빌도 번들거리긴 마찬가지였다.

1960년대 양복의 수요가 늘자 우후죽순처럼 생겨난 양복점 앞에 먹으로 써서 내다 붙인 '양복 우라카에 해드립니다.'란 문구가 많았다. 양복의 원형은 그대로 살리면서 옷감을 홀랑 뒤집어 속과 겉을 뒤바꾸는 것이다. 처음 보는 사람은 물론 양복을 맡긴 사람도 감쪽같이 변한 새 양복에 놀라는 기술이 바로 양복 우라카에라는 뒤집기였다.

한 벌의 양복으로 두 벌의 구실과 긴 수명을 누리는 바람에 양복감의 소비가 줄어들었다. 그때만 해도 수출이란 거의 없었고 국내

시장에만 의존하던 모직회사들은 자구책으로 양복지의 안과 겉을 다르게 생산하기 시작했다. 양복지의 겉은 세련되게 한 반면에 안쪽을 흉하게 만들어 버렸다. 이로써 양복뒤집기는 원천봉쇄가 되고 말았다.

국민건강공단이 실시하는 건강검진에 집사람이 위장내시경을 했다. 위에 염증이 있고 위벽이 좀 곱지가 않다는 말을 수검자와 함께 들었다. 그래서 가끔 메스껍고 변비의 요인이 되고 밥맛이 없단다. 그 소리를 듣고 집으로 돌아온 나는 아내에게 부드러운 표현을 써 가면서 말을 걸었다.

"왜, 당신 알지? 우리 처음 결혼했을 때에?"

"처음 결혼했을 때?"

"결혼 때에 맞추어 입은 내 양복이 낡아서 왜 부산양복점인가 그 박병x 뭔가 하는 사람에게 '우라카에'를 했는데 너무 새 것과 똑 같아서 놀랐잖아?"

"그랬지!"

"당신 위장도 '우라카에'를 할 수가 있었으면, 하고 병원에서 생각했거든."

아내의 손 위에 내 손을 포개 잡았다.

"예나 지금이나 당신 손은 따뜻하기만 한데."

내게 잡힌 손을 들어 올린 아내,

"시집올 때에 아버지가 이 손을 섬섬옥수纖纖玉手라고 하셨지! 당신 집에 와서 그만!"

아내는 후회나 원망은 아니란 듯한 표정이다. 나는 아내의 손을 다시 잡았다.

"당신의 위장도, 손도 모두 그 양복처럼 뒤집기가 가능하다면 좋을 텐데."

"아이고! 됐네요."

집사람이 무슨 말을 하려는데 밖이 왁자지껄 하면서 두 아이를 데리고 막내딸이 들이닥쳤다. 할머니와 같이 먹자고 백화점에서 샀다며 손자가 풀어놓는 김밥은, 밥은 겉에 있고 김이 안에 붙어 있는 '누드김밥'이라는 것이었다.

"김밥 우라카에!"

누드 김밥을 처음 본 내 말이다.

"김밥 우라카에!?"

어린 두 손자도 알 수 없다는 듯 내 말을 되받는다.

"그래, 우라카에는 일본 말인데, 바꾼다는 뜻일 거야, 안에 있어야 할 밥이 겉에 있는 이것처럼."

어린 손자들을 보면서 아무렇게나 내가 한마디했다.

"아버지는! 쉬운 우리말을 두고 하필 잘 쓰지도 않는, 그것도 일본 말을 애들 앞에서?"

푸념처럼 내뱉는 딸아이 말에 나는 할 말을 찾지 못하고 천장을 쳐다보면서 멋쩍은 소웃음을 지었다.

# 봄, 여름, 가을, 겨울, 그리고 또 봄

주왕산의 '주산지'를 배경으로 한 이 영화는 인생의 윤회와 욕망을
4계절에 비유한 것인데 인간무상의 삶을 그리고 있다.

영화 속의 절은 주산지라는 못물 위에 떠 있다. 호수 어느 쪽에서
도 절을 향해 배를 저어 갈 수 있지만, 스님도 방문객들도 모두 담
없이 서 있는 문을 통해서만 들고 난다. 절집 안에서도 마찬가지다.
방 한가운데 부처를 모셔 놓고 사방에는 벽이 없다. 벽이 없어도 문
이 세워져 있다. 그래서 아무데로나 다닐 법도한데 사람들은 꼭 문
으로만 나다닌다.

절에서 자란 아이는 호수를 건너 물고기와 개구리와 뱀을 잡아 허
리에 실을 묶어 돌을 매단다. 돌을 끌고 가는 동물을 보면서 삶 속에
서 끌고 가야 할 우수사려憂愁思慮의 짐을 모른다. 그래도 그때 아이

가 서 있는 곳은 봄이다. 새싹이 돋고 꽃이 고운 봄이다. 아이는 돌을 매단 동물들이 아파하는 것이 곧 인생이 져야 할 죄짐인 줄 알리가 없다.

아이가 자라 청년이 되자 절에 요양하러 온 소녀와 사랑을 하게된다. 저쪽 방에 누운 소녀에게로 갈 때 청년은 잠든 노스님을 타넘어 문 아닌 뚫린 벽을 지나 소녀의 이불 속으로 들어간다.

문門은 이렇게 사람이 살면서 지나가야 하는 통로지만, 때로는 비켜가고 싶어지는 거추장스런 존재이기도 하다. 그러나 그때는 세상도 소년의 마음도 온통 푸른 여름이다. 절에서 자란 청년은 사랑하는 여자 마음 하나만 믿고 나섰지만, 그 여인의 목숨을 자기 손으로 끊고 다시 절로 돌아와 노스님 앞에 선다. 인간으로 산다는 것이 얼마나 큰 고뇌를 안고 가야 하는가를 보여준다. 그를 키워주신 노스님은 분노가 쩔쩔 끓는 청년이 피를 토하듯 뱉어내는 한탄과 변명과 절규를 들으면서 "그런데! 그랬구나!" 할 뿐, 감정이 없다. 세상은 가을이다.

노스님이 몸을 불살라 세상을 떠난 빈 절에 중년남자가 돌아온다. 이 절에서 자란 청년이 사랑하는 여자를 죽였다가 형기를 끝내고 돌아올 때 계절은 호수가 얼어붙은 겨울이다.

절간 마룻바닥에 마음을 다스리라며 노스님이 써주신 반야심경을 칼로 파놓고 감옥으로 갔던 남자, 그 반야경을 먼지 속에서 잃어버린 자아와 함께 찾으려 애를 쓴다. 그는 몸과 마음을 닦아 참선하며 절을 지킨다.

그때 이 절을 지나던 한 여인이 두고 간 아이가 새 식구로 남는다.

이 남자는 노스님이 자기를 길렀듯이 이 아이를 극진히 보살핀다. 그리고 맷돌짝을 끈으로 묶어 허리에 두르고 눈 덮인 산을 넘어지고 쓰러지면서 올라 산꼭대기에 절을 짓고 부처를 모신다. 그리고 그는 스님이 된다.

법당 앞에서 머리가 희끗해진 스님이 이 아이를 안고 얼굴을 승복 자락에 묻을 때 햇살은 포근하다. 다시 새봄이다.

아이는 옛날 이 스님이 어릴 적에 했던 것처럼 산과 개울로 쏘다 니며 물고기와 개구리와 뱀의 입에 억지로 돌을 물린다. 아이는 재 미있어서 터질 듯 웃어대고, 산꼭대기에 모셔진 부처가 이 광경을 내려다본다.

인생을 사계절에 비유하는 일은 흔하다. 이 영화 역시 소년에서 청년으로, 장년으로 그리고 노년으로 옮겨가는 과정을, 봄, 여름, 가 을, 겨울로 나타냈다.

비록 삶이 돌고 도는 원이거나 태어남과 죽음이 선이라 해도 인간 들은 늘 그 자리에만 존재한다는 것이다. 인류의 시작이던 먼 과거 부터 오늘을 거쳐 어느 미래에 이르기까지 역사는 이어지고 우리들 삶이란 그 무한선상의 한 점點에 불과한 것이다.

그렇다면 결국 내 삶과 나는 과거에 존재했던 이들과 미래에 존재 할 사람들을 이어주는 고리 같은 연결점이라고나 할까? 원의 법칙이 든 직선법이든 우리들 삶의 연속성과 찰나성에는 변함이 없다.

펼쳐지는 한 남자의 일상과 그 인생을 지켜보는 사부 노스님! 이 노스님에게도 철없던 어린 시절도 사랑과 질투로 피가 끓던 젊음도 있었다. 고통과 분노를 넘어 내면을 들여다보는 중년을 넘긴 후에야

비로소 노년의 평화를 누릴 수 있었으리라. 이런 인생의 여과과정이 있었기에 바로 코앞에서 아프고 힘든 고통을 몸으로 풀어내는 청년을 모르는 척, 담담하게 무심한 듯 지켜볼 수 있었으리.

살인자 청년을 감옥에 보내놓고 '한 인간을 잘못 가르치고 길렀다.'는 자책에서 고뇌하던 노스님은 몸의 모든 구멍에 '닫을 폐閉자'를 쓴 문종이를 붙이고 자신의 몸을 불사를 때, "인간의 모든 죄는 뚫린 구멍에서 시작된다."라는 말에 가슴이 아프지 않을 수가 없었다.

간사한 인간들의 마음을 누가 막고 닫아 줄 것인가? 어떤 담도 벽도 그것을 해줄 수 없어 영화 속의 절에는 담이 없고, 방에는 벽이 없었을까? 스스로 자신의 울타리와 문을 세울 일이다. 어디로 드나들어도 상관없는 걸음이고 마음이지만, 사람이면 저다운 높이와 넓이의 담장이 필요하다. 하지만, 업보라는 손잡이가 달린 창은 운명과 윤회의 돌쩌귀로 처음부터 단단히 고정된 듯도 하다.

물 위에 떠 있는 절은 꿈인 양 그림처럼 아름답다. 그리고 관객이선 지금이 어느 계절인지를 묻는다.

인생의 계절과 자연의 계절이 함께 흘러가고 있다. 철없던 시절의 과거가 떠올라 참회의 눈물이 나고, 심장 깊이 파고드는 허무와 생生의 윤회輪廻에 가슴이 아리고 코끝이 찡해졌다.

# 얼굴과 마음

대화를 나눌 때 진심을 감추고 속내를 숨겨도 얼굴에는 본색이 그대로 나타나는 법이다. 끓어오르는 분노를 삭이고, 배신감을 참으면서 속을 드러내지 않으려고 애를 써도 진심이 잘 숨겨지지 않는다. 상대가 나를 보았을 때 눈빛에서나 얼굴 표정에서 내면을 읽으면서 내 본심을 알아차린다. 목소리에서, 몸짓에서 은연중에 진실이 아님을 알게 된다.

그런데 상대는 이미 내 속을 다 판단해놓고 모른 체하고 있다. '아닌데, 그렇지 않아? 무슨 소리야?' 하면서 내 뜻을 부정하지 않을 수도 있다. 다 알면서도, '그랬구나, 그래서, 어떻게 되었는데, 허허! 그것 참.' 하면서 맞장구를 치고, 아는 등신 행세를 하는 사람들도 많다.

자기만 똑똑하다고 믿고, 세상이 쉽게 자기 연극에 속아준다고 믿는다. 자기의 술수에 상대가 말려드는 줄 알고 자기도취에 빠져들기 쉽다. 세상이 저만을 위해 있는 줄 알고 기고만장하다가 실수와 과오를 범하는 이들이 어디 한둘이겠는가? 알면서도 모르는 체, 일부러 속아주는 체하며 상대를 속이는 것보다 더 흥미롭고 재미있는 일은 없단다.

자신의 얼굴을 거울로 비춰 심리학의 대가가 되었다는 프로이트의 친구였던 철학자 카를 융(Carl Jung) 박사는 '얼굴의 그림자는 수치심과 죄책감의 자기부분'이라고 했다. 얼굴을 보고 베테랑 형사들은 범인을 잡는다고 한다. 물증을 우선해서 심증을 얼굴에서 찾는다고 한다. 얼굴에 비쳐지는 모습의 증상들로 그 사람의 됨됨이와 그 속내를 알아차리는 것은 웬만한 이들도 한다. 후한 사람, 또는 악한 사람으로 구분하고, 착하겠다, 교만하겠다, 속이 넓겠다, 사람이 포악하게 생겼다, 융통성이 있겠다는 등의 판정을 얼굴 보고 한다.

'얼굴 보고 이름 지어라.' 하는 말도 있다. 얼굴 보고 사람의 심리도 짐작을 한다. 얼굴 보고 병도 진단한다. 눈을 보고 흑달이니 황달이니 해서 질환을 안다고 한다. 오장육부와 사지백체의 건강이 다 얼굴에 나타난다고 했다. 얼굴 보고 잘사는지 힘들게 사는지도 안다.

사람도 얼굴 보고 찾고, 얼굴 보고 만난다. 얼굴 보고 김 선생인지 이 선생인지를 알아야지, 체구나 옷을 보고 찾기는 좀 힘이 든다. 얼굴 보고 길흉화복의 점도 친다. 옷이나 몸뚱이나 장식품을 보고 점치는 사람은 적다. 사람을 대할 때 풍겨지는 얼굴에서 인격을 판단하게 된다. 선을 본다는 것은 주로 얼굴을 본다는 의미이고, 면접을 한다는 것은 다른 보는 면도 있지만, 사실은 얼굴을 우선해서 본다는 것이다.

이력서 상단에 인물사진을 꼭 붙이도록 한다. 얼굴을 먼저 본다는 의미다. 여자들이 얼굴화장에 매달리는 이유도 얼굴에 세인의 눈이 모인다고 믿기 때문이다. 사람들이 얼굴을 안 보고 발을 본다고 하면 화장과 치장은 자연히 발에 치중될 것이다. 이렇듯 얼굴은 사람의 중심의 요체요 표본이고 속내를 내비쳐주는 거울이다.

'나이가 들면 얼굴값을 하라.'는 말이 있다. 얼굴값이 얼마인지는 모른다. 그래도 얼굴엔 각각 제 값이 있는 모양이다. 남자의 얼굴값과 여자의 얼굴값 계산법이 따로 있을 것이다. 어린이 얼굴값과 어른 얼굴값 계산도 다를 것이다. 대통령 얼굴값이 다르고, 장관의 얼굴값이 달라야 한다. 위정자들의 얼굴값 계산법과 기업인 얼굴값 계산법이 또 다를 것이다.

얼굴은 사람의 내면을 드러내 비추는 거울이다. 거울은 늘 맑고 깨끗해야 한다. 아무리 생김새가 정결해도 비춰주는 거울이 추하면 사물이 제대로 보일 수가 없다. 반대로 거울이 맑아도 비치는 사물이 험하면 역시 흉한 모습이 거울에 투영될 뿐이다. 그래서 사람의 마음은 늘 곱게 청소가 되어야 하고 깔끔하게 정리를 해야 한다. 언제 어디서든지 내 속은 내 얼굴이라는 거울을 통해서 누구에게나 비쳐지고 있음을 명심해야 할 것이다.

# 영원한 도道

제도와 규범을 정한 틀에서 인간을 훈련시키면 양심의 발로와 함께 사회가 안정을 가져온다는 유도儒道의 본질을 다룬 공자의 정치이념은 특권지식층부터 힘들게 번졌다.

그러나 삶에 대한 이치와 심성을 다룬 노자의 가르침은 인위적 속박제도를 규탄하고 인간을 자연으로 회귀시키려는 것이기에 민중들에게 잘 먹혀들었고, 동양사상에 큰 영향을 끼친 도가사상의 원류다.

노자에 있어서의 도道란, 말로 표현 못 하는 것, 배울 수도 없는 것, 물 흐르듯 가만두면 되는 것이라고 했다. 가르칠 수도, 배울 수도 없는 불교불학不教不學의 자연적 순리를 깨달아 덕을 쌓으면 가정과 천하가 태평하고 사회가 안정된다는 것이다. 도경 세 장과 마흔

네 장의 덕경을 합한 마흔일곱 장의 노자의 사상이 적힌 글을 ≪도덕경道德經≫이라 한다.

이 도경의 첫 머리에 나오는 구절이다.

"도가도비상도 명가명비상명道可道非常道 名可名非常名"이라고 했다.

"오늘의 길이라는 것은 영원한 길이 아니고, 지금의 이름도 완전한 것이 아니다."

여기서 말하는 도道나 명名은 세상 만물, 만상을 통칭하는 표현이고, 영원은, 옳다, 맞다, 완전하다는 등의 뜻을 담고 있다.

"우리가 말하는 원칙과 규범, 상식과 나타난 현상들은 다 영원한 것이 아니고 엉뚱하게 잘못 알고 있다."라는 말도 된다.

내 지식은 참 지식이 아니고 내 주장은 옳은 주장이 아님을 알려주는 구절이다. 과학은 영원한 과학이 아니고, 내 기억도 완전한 기억이 아니라고 알려준다.

오늘날 많은 사람들이 자신의 연구실적을 발표하면서, 정치, 경제, 사회, 과학, 문화 등 각 분야에서 제대로 최고라 자부하고 있다. 극치와 최선을 알리는 북을 치며 성과와 업적에 고고성을 울리지만, ≪도덕경≫의 이 첫 구절을 보면 아무래도, 풀이 좀 죽어주어야겠다는 생각이 든다.

갈릴레오 갈릴레이의 지동설地動說이 있기 전엔 천동설이 영원할 줄 알았다. 그러나 하늘이 돈다는 학설이 지금은 없어졌다. 유물주의가 공산주의라는 이름으로 머리에 각인된 사람들은 그 나라와 그 정치가 영원할 줄 알았다. 그 수정주의는 있을지언정 공산주의는 없어졌다. 지상최선이라는, 민주이념의 자본주의도 또 다른 이상에 밀

려 없어질 날이 온다. 내 생각이 옳다는 주장은 하나의 아집이고 무
식의 소치이다. 내 정치가 최선이라는 위정자들은 한순간의 착각일
뿐이다. 아무리 좋은 물건도, 풍습도 때가 되면 바뀐다. 어떤 지식과
의식구조나 현상체계도 영원한 것은 없다. 역사가 그것을 증명한다.
그 어떤 것도 영원속존永遠續存은 없었다.

우리나라에 현재 1,206가지의 직업이 있단다. 그 많은 직업 중에서
화가들 콧대가 제일 높다고 하던가? 자화자찬自畵自讚이란 말이 온갖
직종에 두루 통용되는 걸 보면 말이다. 화가가 제 그림 나쁘다는 사
람은 없다. 그림을 그리는 사람으로서 이 말은 듣기가 좀 그렇다.
　이 ≪도덕경≫의 첫머리의 글 가운데 길 도道자를 빼고 대신에 그
림 도자를 넣으면 역시 도가도비상도圖可圖非常圖가 된다. '지금의 그
림도 영원한 그림이 아니다.'는 말이다. 이 길 도道자 대신에 무슨
표현의 형용사나 명사를 집어넣어도 같다. 가령 길 도자道 대신에
풍류악樂자를 넣으면 '오늘의 풍류나 음악도 별 것이 아니다.'는 의
미가 되고, 빛 광光자를 넣으면, '우리가 아는 빛도 영원한 빛이 아니
다.'는 말이다. 사람 인人자를 넣으면 역시 오늘의 사람은 영원한 사
람이 아니라는 것이요, 따 지地자를 넣으면 지금의 이 땅은 영원한
지구가 아니라는 말이 된다.
　보는 것도 영원한 것이 아니요 듣는 것도 완전할 수가 없다. 첨단
기술을 자랑하는 온갖 것이 다 완전하지도, 영원하지도 않다는 말이
다. 당연히 옳다고 믿고 가던 길도 또 한 번 돌아보게 하는 글이다.
갈래길이 많아 혼란스럽고 변화무상한 시절에 이정표가 되는 좋은

가르침이라 여겨진다.

도가도비상도道可道非常道(오늘 도라는 것도 영원한 도가 아니고),
명가명비상명名可名非常名(지금 이름이라 것이 영원한 이름이 아니다).

# 도적에게도 지킬 도道가 있다

노魯나라에 공자의 절친한 친구이기도 한, 현인賢人으로 존경받는 유하계柳下季라는 사람의 동생 중에 도척盜拓이라는 도적이 있었는데 그 부하가 많게는 9천 명이나 되었다.

천민 출신에다 무식한 게 도적의 두목이라고 여기기 쉽지만 도척은 그의 형을 보면 출신도 양반 태생이었고 무식하지도 않았다. 그의 형 유하계의 난감한 입장을 생각해서 친구인 공자가 직접 도척을 찾았는데 논리적으로 공자의 사상이 위선적임을 설명하자 공자도 제대로 된 대답을 못할 정도로 박식한 사람이었다.(≪莊子≫ 거형 편)

효孝엔 효도孝道가 있고 부婦엔 부도婦道가 있으며 무인武人들 세계엔 무도武道가 있다. 글에는 서도書道가 있고 술에도 주도酒道란 것이 있다. 그러고 보면 도道란, 서가書架나 선인들만의 전유물은 아니다.

평범한 공동체와 모든 사람의 심중과 사유思惟에 다 존재하고 있다고 보아야 할 것 같다.

도가 성하면 민족이 번성한다. 도가 일어나면 따라서 사회가 발전적 변화를 가져오기 마련이다. 중세기의 유럽의 기사도騎士道 정신은 관용과 정의감으로 헌신, 체념, 금욕적 순결을 표방하면서 사회의 평온을 유지하는 데 기여를 했다. 영국의 신사도는 공분公憤에 의연하고 공적 위험에 몸을 아끼지 않으며 명예를 중히 여겨 노약자를 돕는 사회적 틀을 마련했다. 일본의 무사도武士道라는 사무라이 정신도 그들 나름대로 애국애족의 정신을 함양해서 민족통일과 독립을 유지했던 것이다. 신라통일의 원동력인 화랑도花廊道도 역시 그 당시 사회의 인식과 구조적 변화와 안녕과 국가의 발전을 가져왔다.

엄청난 조직을 거느린 두목 도척에게 부副두목이 물었다.

"두목님! 도적에게도 도道가 있습니까?(도역도호盜亦有道乎)"

총두목 도척이 대답했다.

"어디인들 도가 없는 곳이 있겠느냐?(하적이무유도야何適而無有道耶)"

"도적들이 지킬 도를 저희들에게 일러 주십시오."

"도적들이 지킬 도는 다섯 가지五德目가 있으니,

첫째는 가난하거나 덕 있는 이의 재물은 빼앗지 말고 부정한 재물을 숨긴 것을 찾아야하는데 이를 두고 성聖이라고 한다. (부망이실중지장성야夫妄意室中之藏聖也)

둘째, 일이 시작되면 남보다 먼저 담을 넘는 것을 용勇이라 하고, (입선용야入先勇也)

셋째, 일이 끝나면 동료를 먼저 내보내는 것을 의義라 했다. (출후

이야(出後義也)

넷째, 도적질은 시기, 장소, 방법의 선택이 중하니 이를 지智라 하고(지가부지야知可否智也)

다섯째, 훔친 것은 공평한 분배가 중하니 이를 인仁이라 한다(분균인야分均仁也)."

"두목님! 참으로 놀랍습니다. 우리 같은 도적들에게도 지킬 규범이 있으니까요."

정치인들의 부정이 극에 달했다. 권력을 등에 업은 정치가가 사업에 훈수 좀 들어 주고 기십 억 먹고, 대통령 뒷바라지 좀 한 덕에 자리 하나 맡더니 수십 억, 퇴직하고 유관기관에 감사나 기타 중용이 되면 또 기십 억, 세무사찰 막아준다며 권력을 등에 업은 자가 또 수십 억을 삼켰단다. 더더욱 기가 찰 노릇은 대통령 측근이나 여당의 중심인물들과 보좌진들이 하나같이 검은 돈에 손을 댔단다. 거미줄 같은 법망인지라 늘 모기새끼만 주로 걸렸는데 이번엔 어쩌다가 좀 큰 모리배도 몇 잡히는 듯싶다. 하지만, 어디 두고볼 일이다. 문제는 그 삼킨 내용이 도적들의 수칙 오덕목五德目과는 비교가 안 될 정도로 유치하고 추잡한 저질이다. 훔쳐먹는 방법이 때와 장소를 가리지 않는 걸 보면서 새삼 도적 왕 도척이 존경스러워지는데, 이를 두고 나만의 괴팍성怪愎性이라고 해야 할지!

# 배우자 길들이기

　사가지고 간 물건을 부숴버리지만 않고 쓰다가 되가져오면 언제든지 다른 물건과 다시 교환해 주는 제도가 있다면 소비자 입장에서는 참 좋겠다는 생각이 든다. 쓰던 물건은 또 남들이 갖고 온 물건과 되바꾸게 된다고 해도 좋다. 사간 지 며칠이 안 된 것은 간혹 새 물건과 교환도 하지만, 이런 경우에는 다시 구입하는 쪽에서 약간의 손해를 봐야 한다고 해도 별 무리는 없을 듯하다. 쓰던 물건이 맘에 안 들어 새것으로 바꾸기를 원하지만, 신품은 새로 사는 사람에게만 주로 공급이 될 뿐, 헌 물건은 늘 헌 물건과 간접적으로 물물교환형태로 이루어지고 있다. 사회를 시장으로 보고 남자와 여자를 그 파는 물건으로 또 남자와 여자는 서로가 물건의 주인으로 생각을 해 본다.

대부분 사람들은 물건을 바꾸어 가지만 얼마 못가서 후회를 하게 된다. 괜히, 괜찮은 물건을 두고 못쓴다거나 살 때 속았다며 야단법 석을 떨고 다른 사람이 쓰던 물건만 탐을 내고 바꾸어도 속 시원한 경우는 드물다. 내가 가진 물건보다 훨씬 낫겠다 싶어 바꿨는데도 역시 후회하기는 마찬가지다. 물건에 따라서 장점도 있지만 찾아보 면 결점도 있기 마련이다. 바꾸어도, 새로 사와도, 훔쳐와도, 얻어와 도, 주워와도 후회를 한다. 그래서 더는 바꾸기를 체념하고 처음 샀 던 물건생각이 간절한 사람들도 많다. 어쩔 수 없이 속앓이를 하면 서 지내는 경우도 있지만, 이미 내친 김에 자꾸 바꿔보는 사람도 더 러 있다.

침선방직이 부덕의 필수요건으로 알던 시절이 있었다. 새 며느리 의 바느질 솜씨가 워낙 거칠어서 쫓아내고 솜씨가 예쁜 며느리로 바 꾸었다. 그런데 전번 며느리는 옷 한 벌을 하룻밤에 다 끝내는 솜씨 였지만, 새 며리는 옷 한 가지를 가지고 열흘도 아니고 보름이 넘게 바느질한다고 꾸물대고 있었다. 예쁜 바느질 솜씨를 보고 맞은 며느 리라고 해도 너무한 것 같았다. 이를 지켜보던 시어머니는 울화가 치민다. "매자구야! 따자구야! 우리 쭝쭝이 어디 갔나?" 후회를 하더 란다. '구관이 명관이다.'는 말은 '형만 한 아우 없다.'는 말과 같은 뜻이다. '본처 만한 첩 드물다.'는 말이 맞는 말이다.

좋은 물건을 왜 버리겠어? 남들이 싫다고 버린 물건인데 맘에 썩 드는 게 어디 그리 흔할까 보냐. 아무리 좋다고 해도 남들이 고를 대로 고르고 버려진 것들인데, 질과 성능을 기대할 수는 없다고 봐 야 한다. 물건이란 대저 쓰는 사람이 잘 다루면 좋은 물건으로 길들여지고 잘못 다루면 금도 가고 깨지고 못쓰게 되는 법이다.

구관조란 새가 있다. 서양에서는 오래전부터 사람들에 길들여져 대문 앞에 두고 오가는 이들에게 '어서 오세요.' 또는 '안녕히 가세요.' 등 인사를 시켰다. 조류사육사가 끈질기게 길들이기를 한 결과다. 꿩 잡는 매 길들이기, 사냥개 길들이기, 어디 그뿐이랴! 범, 구렁이, 사자, 물곰, 다람쥐 코끼리 심지어 개미 같은 미물도 정성을 기울여 길들이기에 성공을 하는데 하물며 사람, 특히 배우자에게 정성 한번 제대로 기울여 보지 않고 바꾸어버리다니!

옛적에는 무쇠로 만든 쇠솥이 집집의 부엌마다 걸렸다. 새로 사 온 솥은 주인이 들기름이나 소동기름 같은 식물성 기름을 칠하고 은은하게 불을 지펴가면서 걸레로 문지르기를 여러 날 반복을 한다. 그러면서 한참 동안은 새 솥에 대해서 관심을 갖고 조심하면서 관리를 해야 한다. 적당한 온도를 유지하면서 기름을 먹이는데 이를 두고 '솥 길들이기'라고도 하고 또는 '솥 질내기'라고도 했다. 말 못하는 무쇠덩어리도 주인이 하기에 따라서 길이 잘 들여지고 반들반들하게 명품 솥으로 변한다.

반대로 아무리 새 솥이라도 처음부터 되는 대로 열을 가하면 터지거나 솥 바닥이 터덜터덜하고 음식물이 눌러붙는 불량품이 되고 만다. 제 관리 미숙을 모르고 질이 나쁜 솥을 팔았다며 솥 가게 주인을 탓하기도 한다. 또 다른 새 솥을 사봐야 매한가지다. 물건은 다루는 이의 지혜로운 솜씨에 따라서 자랑스러운 명품이 되는 것임을 모르는 사람도 참 많은 세상이다.

# 어제 같은 오늘은 오지도 않았다

매일 만나는 사람도 늘 같은 모습은 아니었다
만날 때마다 옷이 다르고 얼굴빛이 다르고 인상도 달랐다.

같은 길 걷고 같은 골목 지나도 같은 곳은 아니었다
햇살이 쬐일 때도 있고, 궂다가 개기도 했다
바람 불고 눈 내리면 눈 속인지 바람 속인지 모를 때도 있다
그러다가 언제 그랬냐 싶게 화창할 때도 있다
사람 사는 세상살이도 화복이 조석으로 뒤바뀐다.

우리 동네 골목길 모퉁이의 느티나무만 봐도 그렇다
봄에는 새순이 노랗고 여름엔 잎이 푸르고, 또 같은

잎이라도 낮엔 바람에 흔들리고 밤엔 이슬에 젖는다
가을이면 이파리 빛이 단풍으로 채색되고
겨울이면 빈 가지에 찬바람이 울고 간다
늘 같은 모습의 느티나무는 아니었다.

살아가는 세상 이치도 마찬가지다
집을 나서는 아침과 돌아오는 저녁길이 반복이 되어도
어제 같은 오늘은 오지도 않았고,
오늘 같은 내일도 없었다.

장맛비가 내리듯 힘든 날도 있었고
광풍폭우가 끝나면 갠 하늘도 있었다
행복을 느끼다가 피하기 힘든 불행도 찾아온다
서둘러야 할 필요는 꼭 머뭇거릴 때 생기고
지쳐서 포기하고 싶을 때 일어설 용기가 생겼다.

늘 같은 길을 지나도 환경이 다르듯
같은 삶을 살아도 생활과 활동범위와
언행과 가치가 같은 날은 없었다
밤마다 달과 별의 모습이 다르듯
날마다 하늘의 구름 빛이 다르듯
늘 나다니는 길도, 또 인생살이도
언제나 같은 날은 아니었다.

삶을 돌아보면, 힘든 고갯길은 적었다
약삭빠르지 못해 남을 밀치거나 밟는 법은 몰랐지만
사람에 치어 지각이라도 할 만큼 겉돌지는 않았다.

가끔은 세상이 유혹을 했다. 쉬운 길도 있다고 손짓도 했다
즐기며 사는 방법도 있다고, 재미있는 곳에 와보라고 했다
그럴 때 단호히 거절을 못해 기웃거린 적은 있었으나
유혹인 줄도 알았고, 지뢰밭지류를 피하는 지혜도 생기더라.

한평생 어리석게 못난 인생이지만
겉돌거나 억지로 살았다고 생각지 않는다.
잰걸음에도 후회가 없으니 얼마나 다행인가.

이젠 내가 갖지 못한, 가보지 못한 길에 대해
꿈도 미련도 버려야 한다.

얻을 것보다 지킬 것이 필요함을 깨달았다
새것을 가지려면 쥔 것을 놓치는 위험도 있다
가진 것만 잡고 살라는 충고도 자주 듣는다.

눈 돌리면 지금도 화려한 유혹이 많다
거기에는 함정이 숨어 있기 마련이다
몸으로도, 지혜로도 당할 수 없는 덫이다.

세상을 따라가면 후회하는 일도 있으리라
세상이 변한다고 본질도 변할 수는 없다
남이 가는 길이라고 따라나설 수는 없다
나는 내가 걸어야 할 길이 따로 있다
늙었다고 마음마저 낡게 살지 말자.

다르게 펼쳐지는 새로운 길
그림 그리고, 글 읽고 쓰면서
사람들을 바라보는 재미로
주위에게 실망주지 않는 삶
후견자로서, 동행자로서
지필묵 안고 종이와 씨름하며
거역 못할 숙명의 길
내가 알고 오늘도 걷는다
늘 같은 길을 걸어도
같은 모습의 길은 아니기에
오늘도 조심하며 걸으리.

# 쇠죽 끓이던 아침

옛날부터 전해져 온 말이다, '천석꾼 재산도 소가 반쪽이라'고.

소는 농사를 짓는 데 꼭 필요도 했지만, 송아지를 길러서 큰 소가 되면 시장에 내다 팔고 다시 송아지를 사고 남는 돈으로 전답을 사는 데 보태기도 했고, 또 소가 새끼를 낳으면 팔아서 자녀의 학자금으로 쓰기도 했다. 그래서 소 판 돈으로 자식들을 공부시킨다고 해서 대학을 우골탑牛骨塔이라 부른 적도 있다.

소를 살 여력이 없는 사람은 남의 송아지를 길러서 새끼를 낳으면 자기네가 갖고, 큰 소는 주인에게 돌려주는, 이른바, '배내기' 제도란 것도 있었다.

소는 농본農本사회에서는 기동력이 달린 농기구였고 돈을 생산하는 가축이며, 분뇨는 퇴비로서 큰몫을 했기에 당시에는 소를 중하게 여기지 않을 수가 없었다.

소에게 일을 시키는 날이나 산야에 풀이 말라버린 철에는 쇠죽을 끓여서 먹였다. 우리 집 쇠죽재료는 여름엔 주로 꼴이었고, 겨울엔 말린 볏짚과 조짚, 기장대궁을 작두로 잘라서 콩깍지나 쌀겨며 기타 음식 찌꺼기와 함께 가마솥에 넣고 물과 함께 끓인다. 한참 동안 불을 때고 나면 김이 올라오는데 이때에 뚜껑을 열고 나무가 호미처럼 구부러진 일명 '소죽 까꾸랭이'라는 것을 이용해서 쇠죽의 아래위를 뒤집는데 이를 두고 '소죽을 뒤벤다'거나 '눌린다'고 했다. 그리고 다시 솥뚜껑을 덮고 한참 동안 뜸을 들인 후에 소에게 퍼다 준다.

그 당시 우리 집에는 방목하는 암탉 다섯 마리가 있었는데 하루에 많으면 네 개, 적게는 두어 개의 알을 낳았다. 달걀을 모았다가 장날 내다 팔기 때문에 손님이 오거나 놉이 있어 반찬용으로 쓰이는 것 말고는 계란을 먹지 않았다. 또 바가지에 모인 달걀이 몇 갠지도 알기 때문에 어른들 몰래 먹을 수는 없었다.

아침쇠죽 끓이는 일은 통상적으로 애들의 몫이다. 초등학교 4학년 때의 가을이다. 나는 일어나자마자 쇠죽을 끓일 요량으로 여물간으로 갔는데 작두 옆 짚동 위에서 두 개의 달걀을 발견했다. 여러 마리가 동시에 알을 낳으려다 자리가 없어진 놈이 급하게 짚동 위로 올라가서 어제 낳은 계란이다.

나는 쇠죽거리와 함께 달걀을 가마솥 한쪽에 넣고 여물로 덮었다. 이제는 쇠죽을 끓이기만 하면 계란은 익는다. 왠지 가슴이 콩닥거린다. 행여 아버지에게 들키기라도 한다면 혼쭐이 날 수도 있겠지만, 그럴 리는 없을 것 같았다. 그래서 오늘은 재수가 괜찮은 아침이라고 여기고 쇠죽솥에 불을 지폈다.

먹을 게 모자라서 늘 배고프게 살던 그때, 삶은 계란을, 그것도 혼자서 한꺼번에 두 개를 먹는다는 것은 행운이었다. 벌써부터 입안에서 군침이 돌았다. 다만 어디에 감추었다가 먹느냐를 두고 골똘히 생각을 하고 있을 때다. 들에 나가신 줄 알았던 아버지가 사립문을 들어서면서 날 보고 하시는 말씀이다.

"소죽이 아직 멀었냐? 내가 불 볼게, 넌 '샛보'들로 가서 암동형님을 모시고 올래? 의논하고 읍내로 갈란다." 마른하늘에 벼락 치는 소리로 들리는 그 말씀에 난 눈앞이 캄캄해졌다.

"곧 소죽 뒤벨 때가 됐심더, 뜸들 시간에 댕겨 올라니더."

"안 된다! 샛보들이 적게 머냐? 조금 있으면 첫 차가 올 시간이다." 아버지의 목소리에 힘이 들어간다는 것은 독촉을 의미한다.

나는 사방을 살피면서 솥뚜껑을 열고 계란을 꺼낼 요량으로 가마솥에 손을 넣었다. 물이 뜨거웠다. 끓는 물에 데인 손을 들어 허공을 향해 흔들었다. 나에겐 손 못잖게 계란도 중요했다. 소죽 까꾸렝이로 찾았으나 달걀은 없었다. 비중이 무거운 계란은 솥바닥으로 굴러 깊게 들어간 것이다. 이리저리 휘젓다가 보니 쇠죽이 다 뒤집어졌다.

"퐈노, 응!?" 아버지의 고함소리에 나는 어머니가 계시는 부엌으로 갔다.

"오늘 아침 쇠죽은 내가 와가 줄라니더, 놔 두이소, 예!" 하고 오촌이 계신다는 들로 가서 아버지의 말씀을 전하고는 부리나케 집으로 돌아왔다. 그런데 쇠죽은 이미 구유로 옮겨진 뒤였고 누렁이 우리 집 암소는 아침 죽을 거의 다 먹어가고 있었다. '맙소사!' 나는 무슨 큰 낭패를 당한 사람마냥 넋을 잃고 멍하니 소와 구유를 번갈아 바라보았다. '소야 계란 잘 먹었니? 식복마저 지지리도 없는 나는 차라리 네가 부럽구나!' 급히 달려오느라고 떨리는 두 다리를 억지로 지탱하면서 가쁜 숨을 몰아쉬고 있을 때다.

"얼렁 밥 묵고 학교 앙 가나?" 어머니가 부르신다.

"싫니더, 오늘 아침밥은 안 묵을라누마."

"와, 카노?"

"지금 기분이 좀 그렇니더!"

입에 생감이라도 넣은 듯 내 말이 퉁명스럽다.

"기분이라 컸나? 애들께 무슨 기분이 다 있노! 함 말해 봐라?"

"묻지 마이소, 더더한 소리는 하기 싫니더." 다가오는 어머니께 쏘아붙이듯 하는 내 말이다.

"이거 받아라, 요고 땜에지?" 쇠죽물 때가 묻은 계란 두 개를 어머니가 내게 주셨다. 나는 어머니의 손을 덥석 잡았다. 손도 계란도 모두 따뜻했다. 내 눈에서 눈물이 핑 하고 돈다.

"헉, 잘 먹겠니더, 어메요!…… 요거, 우예, 아셨니껴?"

나는 그날 아침, 쇠죽 끓이던 일과 따뜻한 어머니의 손을 숱한 세월이 지난 지금도 잘 잊지를 못한다.

# 인간의 모든 죄는 뚫린 구멍에서 시작된다

성경에 나오는 인간범죄의 타락과정이다. 사람의 첫 남자인 아담의 갈비뼈로 창조된 아내 이브는 에덴동산 중앙에 있는 선악과를 탐스럽게 바라본다. 뚫린 눈으로 먼저 죄를 짓는다. 향기를 맡으며 먹고 싶고 갖고 싶은 탐욕이 생긴다. 뚫린 콧구멍으로 죄를 짓는다. 먹지 말라는 창조주의 명을 무시하고 먹어야 된다는 뱀의 말을 듣는다. 뚫린 귀가 죄를 짓는다. 금단의 선악과를 따먹는다. 뚫린 입이 죄를 짓는다. 남편에게도 먹던 선악과를 권했다. 남편도 받아먹는다. 이브도 아담도 뚫린 귀와 코와 눈과 입으로 범죄를 했다. 이들은 공범자가 되어 일가족이 낙원에서 추방된다.

러시아의 문호 도스토옙스키의 〈죄와 벌〉은 인간구원을 부르짖는 함성을 외면하는 세태의 심각성은 이목구비의 책임이다. 선과 악의 문지방을 넘나드는 인간의 범죄에 대하여 무감각한 세태, 역시 뚫린 구멍 탓이다. 약자를 지배하는 강자의 논리가 세상을 파멸하는 데 대한 경고를 눈과 코와 입과 귀에 호소를 한다.

TV를 켜면 나오는 게 범죄 이야기다. 죄가 독판치는 죄판 세상이다. 살인, 강도, 사기, 강간 등 온갖 범죄소식이 종횡무진으로 들려온다. 우리는 이 흉악한 범죄의 소굴에서 겨우 운신을 하며 살고 있다. 범죄란, 죄를 저지른다는 말인데, 죄를 국어사전에 보면 "도덕적 위배나 법을 위반한 언행"으로 정의를 했다.

우선 죄罪라는 글자를 보자. 넉 사四자 밑에 아닐 비非자로 되어 있다. 네 가지의 안 할 짓, 못할 짓을 죄로 단정했다. 그렇다면 네 가지의 못할 짓은 무엇인가. 공자는 죄의 종류를 삼천 가지(三千之罪中以罪莫大於不孝)라 하면서도 죄의 구성형태를 넷으로 보았다. 그게 사물론四勿論이다.

예가 아닌 것은 보지 말고非禮勿示, 예가 아니면 듣지 말고非禮勿聽, 예가 아니거든 말하지 말며, 예가 아닌 곳엔 가지를 말라非禮勿言 非禮勿動는 것이다. 죄는 눈과 귀와 입으로 시작된다는 뜻이다.

'말 잘해서 귀양 가나.'는 말의 자숙을 일러주는 교훈이다. 말 때문에 남에게 상처를 주고 말 때문에 생사의 경계를 오르내리는 경우는 비일비재하다. 입은 사람을 상하게 하는 도끼요, 혀는 사람을 해치는 칼口是傷人斧 言是割舌刀이라 했다. 말이란, 보고 듣고 냄새 맡고 생각하는 것에 대한 자신의 논술이다. 이목구비는 서로 도우면서 죄를 짓는다. 입이 죄를 저지를 때 가만히 있지 않고 코나 귀나 눈도 더불어 공범을 한다. 엄히 따진다면 오장육부와 사지백체가 같은 교감범

죄를 하는 것이다.

성경에는 "네 입에 재갈을 물려라."라고 썼다. "욕심이 잉태한즉 죄를 낳고, 죄가 장성한즉 사망이라."고 했으니, 인간이 욕심 때문에 죄를 짓는다. 무욕무욕無慾無辱이라는 말은 욕심만 버리면 죄될 게 아무것도 없다는 뜻이다. 혀는 화근의 문이요 몸을 망치는 도끼口舌者禍患之門,滅身之斧란다. 잘못 보아서, 못할 말을 해서, 냄새로 탐욕이 생겨서, 못 들을 것을 듣는 바람에 죄를 짓고 인생을 망치는 게 범죄다.

영화, 〈봄, 여름, 가을, 겨울, 그리고 봄〉의 한 장면이다. 자신이 기른 청년이 애인을 죽이고 감옥으로 가자, '한 인간을 잘못 가르치고 길렀다는 죄책감 때문에 고뇌하던 노스님이 창호지에 닫을 폐閉 자를 써서 몸의 모든 구멍, 즉, 눈과 귀와 코와 입 등에 붙이고,

"인간의 모든 죄는 뚫린 구멍에서 시작된다."라고 하는 경고성 탄식과 함께 활활 타는 불에 뛰어들었다. 아무리 영화라지만 이토록 보는 이의 가슴을 아리게 하고 오장육부를 뒤흔들기는 좀처럼 드문 일이다.

아담과 이브의 범죄도 뚫린 구멍에서 비롯했고, 〈레미제라블〉에 나오는 장발장도 빵을 탐한 눈으로부터 범죄가 시작된다. 〈죄와 벌〉의 이야기도 사람의 이목구비가 시작이다. 나다나엘 호손의 〈주홍글씨〉, 범죄의 시발은 역시 뚫린 구멍 탓이다. 동서고금의 공사대소公私大小의 범죄가 다 시작은 뚫린 구멍에서 비롯된다. 그러고 보면 모든 낭패와 패망의 근본원인도 이 뚫린 구멍의 부주의라고 해도 맞는 말이다.

남의 이야기를 듣거나 TV를 보다가도 이 노스님의 말이 생각난
다. 사건, 사고의 극적인 장면이 나올 때마다, 또는 불화하는 이웃을
볼 때도 같은 생각이다. '입과 귀와 눈 같은 뚫린 구멍만 조심했으면
저런 일이 일어나지 않았겠지.' 하는 생각이 든다. 보고, 듣고, 말하
는 뚫린 구멍이 모든 범죄의 시발점이 된다는 노스님의 말은 깊은
의미를 담아 오늘도 가슴을 두들긴다.

"정확하게 잘 보고, 신중하게 말하라. 향내가 탐심을 불러일으킨
다, 코를 조심해라, 의롭고 옳은 소리만 들어라. 살얼음 같은 세상,
조심하며 살아라."

"인간의 모든 죄는 뚫린 구멍에서 시작된다."라고 했다.

김영진 수필집

인간의 **모든 罪뫄는**
**뚫린 구멍에서** 시작된다

인  쇄 / 2013년 4월 1일
발  행 / 2013년 4월 8일

저  자 / 김 영 진
발행인 / 서 정 환
발행처 / 수필과비평사

출판등록 / 1984년 8월 17일 제28호
주  소 / 서울시 종로구 삼일대로 32길 36
          (익선동 30-6 운현신화타워 빌딩) 301호
전  화 / (02) 3675-5633, (063) 275-4000
팩  스 / (063) 274-3131
E-mail / essay321@hanmail.net

**값 12,000원**

ISBN 978-89-98524-36-4   03810

※ 저자와 협의, 인지는 생략합니다.
※ 잘못된 책은 바꿔 드립니다.